都合のいい妹は今日で終わりにします

おまけの私が真の聖女です。姉に丸投げされた巡礼の旅は楽しいスローライフの始まりでした

別所 燈

目次

CHARACTERS
トリスタン
巡礼の旅に護衛として
派遣された魔法騎士。
人当たりが良く、
物腰が柔らかい美青年。
実はある秘密があって…？
ピーちゃん
奈緒が異世界にきて
最初に助けた小鳥。
奈緒
突然異世界に召喚され、姉の代わりに
巡礼の旅を押し付けられた
平凡な高校生。お人好しな性格で好奇心旺盛。
召喚された当初はどうやって
元の世界に変えるか考えていたけど…？

都合のいい妹は今日で終わりにします
おまけの私が真の聖女です。
姉に丸投げされた巡礼の旅は楽しいスローライフの始まりでした

奈緒と旅する仲間たち

ミハエル

大神殿の神官。左遷され、
巡礼の旅の護衛に就く。
ノームを先祖に持ち、
普通の人間よりも強い魔力を持つ。

エヴァ

巡礼の旅に同行する、
奈緒に仕える誠実なメイド。
ドワーフの血が流れており、
怪力の持ち主。

王都

エクター

エルミア王国の王太子。
傲慢な性格で、
トリスタンが気に入らないようで…?

美玲

異世界に召喚され、
聖女として活躍している奈緒の姉。
奈緒に巡礼の旅に
出るようにそそのかす。

イアーゴ

王国内で一番の召喚士。
高いプライドの持ち主。

プロローグ

自宅の玄関にたたずむ奈緒《なお》の目に、髪を振り乱した母親の姿が映る。

「美玲《みれい》……じゃない。美玲、じゃない！　美玲じゃない！　美玲じゃない！　声だけ似ててまぎらわしいのよ！　あんたはいらない方！」

母は右手に割れた酒瓶を持ち、恐怖で身動きできない奈緒に向かって振り上げた。

（嘘《うそ》でしょ？）

奈緒が黒縁眼鏡《めがね》の奥にある薄茶色の瞳を恐怖に見開いた瞬間、彼女の足元が煌々《こうこう》と光を発した。

あまりの眩《まぶ》しさに奈緒は反射的に目を細める。

奈緒の足元に突如として魔法陣らしきものが出現した。

「へ？　何これっ？」

光度を増していくまばゆい光に、目がくらむ。渦に吸い込まれるような感覚があって目が回り、気が遠くなりそうになった。

どれくらい時間がたっただろう。なじみのない不思議な香りが漂ってきた。たとえるなら、

プロローグ

お香や蝋《ろう》がとけるにおい……。辺りから大勢の人の気配がして、ざわめきが聞こえてくる。

「魔法陣に誰かいるぞ！」

「召喚が成功したのか？」

なにやら野太い男たちの声が聞こえてくる。

徐々に目が慣れてきて、目をこすり、恐る恐る眼鏡をかけ直して辺りを見回すと、そこには見覚えのある人影が……。

「え？　お姉ちゃん？」

目の前には、二週間前から行方不明になっていた大学生で二十一歳になる姉の美玲がいた。

奈緒の心は一瞬ふわりと希望に浮き立つが、なんだか様子がおかしいことに気づく。まず美玲が着ている服が変だ。お姫様のようなひらひらとした白いドレスには金糸の縫い取りがあり、神秘的な文様が刻まれている。

「やった、成功したね。イアーゴ」

美玲は奈緒にではなく、隣にいるローブをぞろりと羽織った小男に話しかける。

（ローブ？　魔法使いみたい。なんかここ、おかしくない？）

ふわふわとしていて現実感がない。そして奈緒がぺたりと座り込んでいる冷たい石の床にはゲームやアニメでよく見る魔法陣のようなものが描かれていた。

「聖女ミレイ様。やはり姉妹ですと、相性がいいようです。それにあなたのお力もあります」

イアーゴという小男はよくよく見ると、茶色の髪にグレーの瞳と鉤鼻《かぎはな》を持ち西洋風の顔立ちをしている。

二人の会話と辺りの見慣れない光景に違和感を覚えたものの、奈緒はそれどころではなかった。

この二週間、家族で捜しに捜し続けた姉の美玲が目の前にいるのだから。

「……お姉ちゃん、だよね？　聖女って何？　どういうこと？」

奈緒がふらりと立ち上がると、美玲が駆け寄ってきた。

「ようこそ、エルミア王国へ」

そう言って顔を輝かせた美玲が、奈緒の手を取る。

「え？　今なんて？」

美玲の異様な言葉に奈緒は大きく目を見張る。

「奈緒も薄々わかっているんでしょ？　ここが異世界だって、あんたそういう漫画とか小説とか好きだったじゃない。ここは王都ルティエにある大神殿、各地にある神殿を束ねる総本山なの。大きくて立派でしょ？　周りを見てみなさいよ」

奈緒が立っているのは魔法陣の端っこで、周りには蝋燭《ろうそく》が立てられている。そして正面には祭壇があり、よくわからない女神のような大きな石像がある。

辺りは薄暗く、見上げると吹き抜けの高い円天井があり、まるでファンタジー映画で見る神

殿そのものだ。

そして黒いローブを着た男たちが、魔法陣を取り囲むようにして立ち、奈緒を凝視していた。奈緒が眼鏡越しに目を凝らして見ると、髪や瞳の色、顔立ちが明らかに日本人とは違う。その中に交じって甲冑《かっちゅう》を身にまとい剣を提げた騎士たちもいた。

「異世界って……。どうして？　私は夢を見ているの？　えっと、夢だよね。だって、私はさっきまで――」

奈緒は気が動転した。今まで自宅の玄関にいて、母に殺されそうになっていたのに、目の前の美玲は楽しそうに笑いながら、買い物袋の中身を覗《のぞ》いている。

「あんたはいったい何を持って召喚されてきているのよ。ジャガイモにニンジン、カレールーって。それに高校の制服姿って。あはは、笑える」

「召喚⁉　お姉ちゃん、笑い事じゃないよ！」

確かに制服姿に買い物袋なんて変な組み合わせかもしれない。

しかし、奈緒にはこの状況の方が受け入れがたかった。

「私、夢見ているのかもしれないけど、言っとく。お母さんが大変なことになってる。皆でお姉ちゃんのこと必死に捜して、見つからなくて家族で警察に行ったんだよ」

とにかく美玲に日浦《ひうら》家の緊急事態を知らせたかった。

「でも、成人しているからって相手にされなくて。お母さん、おかしくなっちゃって」

奈緒は必死に訴えるが、あまりにも美玲の反応が薄くて、前のめりになる。

「お父さんも疲れきってて。私、ここに来る直前にお母さんに殺されそうだったんだから。それとも殺されたから、ここにいるの？　死後の世界？」

「黙れ、小娘！　先ほどから聖女ミレイ様に対して失礼だぞ！　貴様は口のきき方も知らんのか！」

突然イアーゴに怒鳴りつけられ、奈緒はびっくりして飛び上がる。

「イアーゴ。妹は混乱すると興奮して一気にまくし立てるの。この子、オタクだから」

美玲は、しょうがないなというような笑みを浮かべ、奈緒を見た。

「奈緒、とにかく落ち着いて」

美玲に言われて、奈緒は気持ちを落ち着かせようと、何度か深呼吸する。

美玲が、震える奈緒の背中をさする。久しぶりに触れるその手は温かった。

「驚いたな。この落ち着きのない地味な眼鏡の小娘がミレイの妹なのか？　本当に姉妹なのか？　似てないが。先に水晶の間に連れていって聖女判定をしてみたらどうなのだ？」

不遜な態度で金髪碧眼《へきがん》の端整な顔立ちの男が、奈緒を無視して、美玲に話しかける。彼は、やたら煌《きら》びやかな服を着ていて王子様みたいに見えた。

確かに美玲と奈緒は似てないといわれる。やせっぽちで地味な奈緒に比べて美玲はスタイルがよく、明るい雰囲気で愛くるしい顔立ちをしていた。

「お姉ちゃん、あの偉そうな人、誰？」

小声で奈緒が美玲に耳打ちする。

「奈緒。エクターはこの国の第一王子で王太子なの。とっても偉い方だからそんな口をきいちゃダメ」

美玲は少し強い口調で奈緒に言うと、媚《こ》びるような表情でエクターに視線を移す。

「エクター、私は奈緒にこの世界についてレクチャーしてきます。そうしないと妹が不敬罪で捕まってしまいそうで心配なの」

そんな二人のやり取りを聞きながら奈緒はつぶやく。

「不敬罪って？　いったいいつの時代なの」

奈緒にはさっぱり理解できなくてキョトンとしてしまう。召喚されたといっても現実感に欠けるのだ。

（やっぱり夢？）

奈緒はぺちっと自分の頬を叩《たた》いてみた。

（痛いよ……なんで？）

「わかった。聖女ミレイがそう言うのならば、許可しよう。だが、まずは聖女判定を受けてからだ。それからこの国で生きていくための常識を教えてやるといい」

エクターは奈緒に冷ややかな視線を向ける。その眼光の鋭さに奈緒はぞくりとした。

「奈緒、ここは私の言うことを聞いて。これは夢じゃない、現実だよ。今は詳しく話している時間はないけど、この世界の人たちの命と私たちの命もかかっている。とりあえず、ここは召喚の間だから、水晶の間で聖女判定を受けて、その結果が出た後ゆっくりこの世界について話をしよう?」

わけがわからなくて、奈緒は混乱した。しかし、周りにいる金や赤などいろいろな髪や瞳の色を持った人たちが尋常な様子ではないことに気づいていた。

彼らは杖や剣、槍《やり》を携えている。日本から来た奈緒にしてみれば、武器を持って歩く人間など物騒極まりない。そして彼らの奈緒を見る目はどこまでも冷めている。

肌に刺さる冷たい視線に、奈緒はこの世界が夢ではないと直感的に理解した。

第一話　格差聖女～地味眼鏡な妹と逆ハーな姉

石造りの大神殿の回廊を、奈緒はエクターと美玲の後を歩いた。その後ろから剣を提げた騎士たちがぞろぞろとついてくる。今は一団となって水晶の間に向かっているのだ。

「ああ……、なんでこんなことになっちゃったのかな」

奈緒は小さくつぶやくと、がくりと項垂《うなだ》れた。

美玲には聞きたいことが山ほどある。

まずはこの世界から元の世界へ帰れるのか。なぜ、姉妹そろって召喚されたのか。そして聖女の役割とはなんなのか。

（まさか……とは思うけれど、聖女の役割が魔獣とか魔物退治だったりしないよね？）

詳しい状況説明もないままで、奈緒の不安と疑念は膨らんでいった。

「おい、水晶の間だ。入れ」

偉そうな口調でイアーゴが奈緒に命令する。

さすがに奈緒もかちんときた。すかさず、美玲に注意される。

「奈緒、イアーゴは国一番の召喚士だから敬意を払って」

「それって、どういうこと？」

さっきからわからないことだらけだ。

「死にたくなかったら敬意を払って」

「……わかった」

美玲に再度言われて、奈緒はもやもやとした気持ちを抱えつつ、水晶の間に入った。

（郷に入ったら郷に従えっていうけど、なんか納得いかない）


中央には奈緒の背丈よりも大きな水晶の塊があり、その横に白装束に茶色い髪をした若い男が立っていた。

彼はぎょっとしたように奈緒を見て叫ぶ。

「え？　おかしな服装に変わった眼鏡？　ということは、まさか異世界人ですか！」

するとエクターが前に出る。

「おい、お前。たしか神官のミハエルといったな。私に挨拶をする方が先だろう？」

ミハエルは頭を下げる。

「これは失礼いたしました。エクター殿下。今日は何用で？」

「そこの異世界から来た小娘を聖女判定してほしい」

「聖女判定ですか？　すでにミレイ様がいらっしゃるのに？」

「口を慎め！　ミハエル！」

今度はイアーゴがミハエルを怒鳴る。

（なんでこんなにギスギスしてるの？　ミハエルさんって人、なんだかかわいそう）

「まったく、第二王子の取り立てた神官にはろくな者がいない」

エクターがあきれたようにミハエルを見る。

奈緒はどきどきとしながら、成り行きを見守った。

すると今度はしぶしぶとミハエルがエクターに従う。

「ええっと、お嬢さん、お名前は？」

この世界に来て初めて名前を聞かれた。

「日浦です」

そこまで言って、奈緒はハッとする。姉も同じ日浦で、「ミレイ」と呼ばれていた。だからきっとこの世界では、姓ではなく名で呼び合うのだろう。

「あ、えっと、奈緒です」

「ではナオ、この水晶に手をかざしてください」

奈緒は仕方なく、水晶に手をかざす。

すると分厚い水晶の塊の中心が弱々しく光る。静電気で反応するのかと奈緒は不思議に感じた。

「ん？　彼女も聖女です。あれ、召喚された聖女が二人ですか？」

驚いたようにミハエルが口走る。

「微弱な光だな。いないよりましというレベルか」

イアーゴが馬鹿にしたように鼻を鳴らす。

勝手に呼び出したくせに失礼すぎる。むっとしてイアーゴに視線を向けるが、彼は奈緒のことは眼中にないようで、美玲のことを見ている。いや、彼だけではない。

唖然《あぜん》としているミハエル以外、ここにいるすべての男たちが美玲に熱い視線を送っている。

奈緒は思わず眼鏡のフレームに手を当てる。

（え？　お姉ちゃん、ここの人たちから、めっちゃ慕われてる！）

その様子はまるで美玲を囲む逆ハーレムのようだった。

奈緒はすっかり蚊帳《かや》の外で、彼らの話は進んでいく。

「でも、奈緒が聖女なら、力の譲渡も可能よね」

美玲の言葉に、ミハエルが驚いたように叫ぶ。

「ちょっと待ってください？　力の譲渡？　大神殿側は何も聞いていませんが、どういうことですか？」

ミハエルがエクターに迫った。

「おい、この不躾《ぶしつけ》な神官をつまみ出せ」

しかし、騎士たちは誰もが戸惑ったような顔をしている。

「ここは第二王子殿下の管轄です。エクター殿下のご命令でも――」

騎士の言葉を遮るようにエクターが叫ぶ。

「ええい！　黙れ！　王国の王太子として命令する。この神官を捕らえよ！」

さすがにこの命令に逆らえなかったらしく、二人の騎士がミハエルを挟み両側から腕を取って、彼の動きを封じる。

奈緒はその騒動を見てびっくりした。

「お姉ちゃん、これって、どうなってんの？」

奈緒は美玲のそばににじり寄り訴える。

「身分社会よ。それに、いろいろと事情があってね。そうだ。今のうちに力の譲渡をしちゃいましょう」

「え？　力の譲渡ってなんのこと？」

奈緒が困惑したように眉尻を下げるのを見て、美玲は口元を引き締める。

「奈緒の聖女としての力は弱い。だからこの世界では生き抜けないと思う。私の力を分けてあげる」

「この世界で生き抜くって、帰れないってこと？」

奈緒は動揺した。

「今すぐというのは無理。だから奈緒には力が必要なのよ」

「でも、そんなことしたら今度はお姉ちゃんが弱くなっちゃうんじゃない？」

理解が追いつかないながらも、あまりいいことではない気がした。

「奈緒はたった一人の妹だから。それくらいの犠牲は払うよ」

「犠牲って？　いや、それはさすがに悪いよ」

事情はわからないが奈緒は首を横に振る。しかし、美玲は強引に奈緒の手をつかんだ。

「ここには家族は私たち二人きりしかいないの。助け合うしかないじゃない。すぐに済むから」

なんの説明にもなっていないが、この世界で頼れるのは美玲しかいなくて、奈緒には選択肢がない。それを踏まえて奈緒は心の中で叫ぶ。

（何がどうなってんの！）

「これはいったいなんの騒ぎだ」

そこへ凛《りん》とした男性の声が響く。奈緒は吸い寄せられるように、声が聞こえてきた水晶の間の入り口に視線を向ける。するとそこには、二十歳そこそこと思われる驚くほど綺麗《きれい》な男性が立っていた。すらりと背が高く、金色の髪に端整な顔立ち、不思議な色合いの瞳を持っている。光の加減でエメラルドにもワインレッドにも見える。例えるなら、アレキサンドライトのような瞳。奈緒が小学生の頃に社会科見学で見て以来印象に残っている宝石だ。

「何しに来た。トリスタン！」

エクターが怒鳴りつけているのが聞こえる。場はますます混乱してきた。

「なぜ、ミハエルを拘束しているのですか？」

トリスタンと呼ばれた若者は落ち着いた口調で、エクターに問い質《ただ》している。

奈緒がそちらのやり取りに気をとられていると、慌てたような声で美玲が囁《ささや》く。

「奈緒、今のうちよ」

ぎゅっと美玲に手をつかまれた奈緒は、騒ぎが気になり及び腰になるが、美玲が強い力で奈緒を引き留める。

やがて美玲の手が光り始め、奈緒の中に得体のしれない何かが流れ込んでくる。

「ダメだ！　ナオ！　聖女から力の譲渡を受けてはいけません！」

ミハエルの声に振り返ると同時に奈緒の体が光り始めた。

「異世界人が二人？　どういうことだ！」

驚いたように目を見開いて、トリスタンと呼ばれた若者が、こちらへ来ようとする。一瞬彼と目が合った気がした。

（神秘的でとても綺麗な瞳……）

奈緒の意識は光に溶け込むように薄れていった。

第二話　世知辛い現実世界から、異世界へ

「ただいま！」

玄関のドアを開けると、つとめて奈緒は明るい声を張り上げた。

しかし、リビングにいるはずの母美津子《みつこ》から「おかえり」の返事はなく、家の中はしんと静まり返っている。

この春、高校二年生になった日浦奈緒は黒縁の眼鏡をかけ、高校の制服に身を包み、右手に学生鞄《かばん》、左手にスーパーの買い物袋を持ったままの姿で、がっくりと項垂れた。

なぜ十七歳の奈緒が学校帰りに買い物をしているのかというと、二週間前に有名大学に通う姉の美玲が突如失踪したからだ。

父は会社を休み奈緒も学校を休んで、家族総出で美玲を捜した。美玲の通う大学にも近所の人にも聞き込みをして、チラシを配って情報収集した。

警察にも失踪届を出したが、成人しているということでまるで相手にされない。

一週間が過ぎる頃、母の様子がおかしくなり、すべての家事を放棄し酒浸りになったので、今では奈緒が行っている。

父は生活があるからと出勤を再開し、奈緒も出席日数の問題があるので高校へ通わざるをえ

ない。それにバイトも休みすぎでクビになると困る。

やむなく父と奈緒は元の生活へ戻っていったが、母だけは違った。

年頃の娘が突然失踪するなど、ただごとではない。そのうえ、美玲は美人で頭がよくて両親自慢の長女だったのだ。

一方で奈緒は、家族から残念次女と呼ばれている。なぜなら次は男の子と期待していたのに、生まれたのは女の子で家族全員ががっかりしたからだそうだ。

加えて、奈緒は不格好な黒縁眼鏡をかけ、地味でやせっぽちなのに対し、美玲は愛らしい顔立ちをしていてスタイルがよく、いつもおしゃれな服を着ている。

いわゆる陽キャ女子の美玲には『恥ずかしくて、奈緒のこと妹だって友達に紹介できないよ』とよく言われていた。

しかし、そんなことは、今はどうでもよくて……。

（お姉ちゃん、どこに行っちゃったんだろう。このままじゃあ、お母さんもお父さんも壊れちゃうよ。お姉ちゃんは日浦家の期待の星なんだから）

そんな奈緒の切ない願いも虚しく、美玲はふつりと消えたままだった。

◇

「奈緒、ちょっと大丈夫？」

美玲に体を揺すられて奈緒は意識を取り戻す。

冷たく硬い石の床の上で、奈緒は意識を失い転がっていたようだ。

「痛っ！　あれ、私、どうしちゃったんだろ？」

体を起こして痛む腰に手をやり、床の上にぺたりと座り込む。ずれた眼鏡をかけ直し、辺りを見回すと奈緒はまだ水晶の間にいた。それを自覚した途端、夢じゃないんだと奈緒はがっくりした。

「よかった。生きていたのね。私が送り込んだ聖女の力が強すぎたみたい。一応聖女の力の譲渡は成功したけど、奈緒の器が小さすぎてショックで気絶しちゃったんだよ」

美玲が心配そうにしゃがんで、奈緒の顔を覗き込む。

その後ろにエクターが立っていた。

「それで、お前の異能はなんだ？」

エクターが、見下したような眼差《まなざ》しを奈緒に向ける。唐突に問われて奈緒はキョトンとした。

「……いのう？」

なんのことだかさっぱり意味がわからない。

「おい！　質問に答えろ！　馬鹿なのか、お前は」

いきなりエクターに怒鳴りつけられてびっくりした。

「エクター落ち着いて、妹は私の代理としてこの世界に来たんだから、異能を持っているわけないじゃない」

「なぜだ？　聖女はすべて持っているものだろう」

「エクター、私には聖女の自覚があったし、向こうの世界にいた時から、自分の異能に気づいていた。でもこの子にはなんの力もない。一緒に暮らしていたからわかるの」

「聖女であるミレイがそう言うのならば、そうなのだろう。それにしても眼鏡をかけた聖女など初めてだ」

エクターが期待外れというように横目でちらりと奈緒を見る。

相変わらず、美玲とエクターの会話は理解できないままだが、がっかりされていることはわかった。

この状況は理不尽だし、いろいろと疑問を差し挟みたいところだが、エクターの後ろには剣を提げた無表情のガタイのいい騎士たちが控えていて恐ろしい。

（怖いよ。なんでこんなことになったの？　お願いだから誰か説明してほしい）

奈緒はそんな心細さをひとり噛《か》みしめた。

とりあえず美玲は無事だった。ここに来ることができたのだから、きっと帰れるはず。奈緒がやるべきことは、姉を元の世界に連れ帰ることにある。美玲にとっても両親にとってもそれが最善だ。奈緒はこの異常ともいえる状況下で、それだけを肝に銘じる。

美玲とエクターの会話がちょうど途切れたところを見計らって、奈緒は口を開いた。

「お姉ちゃん、いのうって何？」

「異なる能力と書くんだけど、聖女がもともと持つ固有の力なの。もちろん、聖女によって違う。すべての聖女が異能持ちなんだよ」

「つまり聖女の力のほかに、何か特別な力を持っているってこと？」

「そうだよ。私はこの世界に転移する前から自分の異能が『祝福』だって知ってた。奈緒だって気づいてたでしょ？」

「え？　なんのこと？」

美玲の話が突然とんだような気がして、奈緒は首をかしげる。

「ほら、私、クジ運とかやたらよかったし、友達も多いし、お父さんやお母さんにもかわいがられていたでしょ？」

確かに美玲の言う通りで、姉はすぐに周りの人たちに信頼され、友人も多く、クジ運も異様によかった。

「それが異能というものだと、お姉ちゃんはここに来る前から知っていたってこと？」

「そうよ。異能は先天的なものなの。奈緒にはないでしょ。それに奈緒は親の信用ゼロだったし」

ダメ押しするような美玲の最後の言葉に触発され、奈緒の頭の中で、髪を振り乱した母の姿がフラッシュバックする。

「うん、本当のこと言っても、お父さんもお母さんも信用してくれなかった。それより、二人ともお姉ちゃんのことをすごく心配してた。特にお母さんが……」

奈緒がそう言うと、エクターが忌々《いまいま》しげに舌打ちする。奈緒は一瞬びくりとするが、美玲がそれにかまわず続ける。

「ねえ、奈緒。さっき言いかけてたけど、こっちに来る前にお母さんに何か言われた？」

「え？」

奈緒は虚を突かれた。最後に投げかけられた母の言葉が奈緒の心の柔らかい部分をえぐる。

「『あんたはいらない方』とか言われたんでしょ？　それは奈緒に祝福の異能がないからよ。だから私がいなくなった途端家族が崩壊したの」

美玲はぴたりと言い当てた。奈緒は、先ほどから続くショックと混乱の連続で、言い返す言葉も気力もなくなった。

奈緒はそのまま騎士たちに囲まれて、大神殿と壮麗な王宮の間にぽつりと建つ、寂れた雰囲気の『北の離宮』と呼ばれている石造りの塔に連れていかれた。


目を覚ますと辺りがぼんやりとして薄暗くカビくさい。違和感をいだき奈緒は慌てて枕元にある眼鏡をかける。

「ここは？」

奈緒は大きなベッドの上に寝ていた。日本の奈緒の部屋よりもずっと広く、天井も高い。辺りを見回すと机とテーブル、それに高い位置に明かり取りの小さい窓がひとつあるのみで、外の景色が見えなくて圧迫感を覚えた。そのうえ部屋は薄暗くジメジメとしている。

「奈緒、ここは王宮の北にある離宮よ」

声のする方へ顔を向けると、ベッドの脇、奈緒の後方に美玲が座っていた。美玲はほっとした表情を浮かべる。

「心配したんだよ。二日間も眠っていたんだから、きっと召喚された時に酔ったんだね。時々そういうことがあるらしいよ。私は平気だったけど」

まだ、少し頭はぼうっとするが、どうにか状況を把握したくて、奈緒は体を起こす。

「夢じゃなかったんだね。やっぱ異世界にいるんだ」

奈緒はがっかりした。

「そんなこと言わないで。奈緒と話がしたくて、私は王宮から来たの。とりあえず奈緒は疲れているだろうから、適当に聞いてて。私がここにどうやって召喚されたのか話すから」

美玲の話によると、大学の帰りに、駅で突然異世界に召喚されたらしい。

「ねえ、聖女の召喚って、日本人の若い女性をこの世界に転移させれば、聖女になるってこと？」

奈緒にはさっぱり意味がわからない。

「まさか！　何言ってるの？　召喚魔法というのは正式には聖女召喚魔法って言って、異世界にいる聖女を探し出して召喚する魔法なの」

奈緒は美玲の話にぎょっとする。

「え？　だから私も聖女なの？」

「奈緒はおまけみたいなものよ。私の血を使って奈緒を召喚したの。姉妹の間だとそれで召喚可能だってイアーゴが言ってたわ。まあ、奈緒に全く聖女の力がなければ無理な話だったけど。かろうじて奈緒に聖女の力があったから、召喚が成功したの」

それを聞いた奈緒の頭の中に最大の謎が生まれた。

「なんで呼んだの？」

美玲はにっこりと微笑《ほほえ》む。

「それはおいおい話すから、少し待って。それで、向こうでは私の大学どうなっているの？」

「そっち？」

美玲は、親の心配より大学の心配をしているようだ。

その後、姉妹の間でいろいろと噛み合わない会話が続いた結果、わかったことは元の世界とこちらの世界とでは、時間の流れ方が違うということだ。

元の世界では二週間しかたっていないのに、美玲はここに二か月もいるという。

「あっちの世界では二週間しかたってないのね……。お母さんとお父さんが心配。でも帰れないわ」

「帰る方法がないってこと？」

「今すぐには、難しい」

奈緒は軽い絶望感をいだいた。

「私、この世界の人たち、怖いから帰りたい。だって、剣や大きな槍を持って歩いているんだよ？」

日本で育った奈緒には考えられないことだった。

「それが、そうもいかないの。私、聖女様って呼ばれていたでしょ？　私には特別な力があって、この世界の人たちを救えるのよ」

「特別な力？　救えるって……」

奈緒は美玲の言葉に、途方に暮れてしまう。美玲はすっかりこっちの世界に染まっているようだ。

「奈緒ってオタクだから、異世界に来たらもっと喜ぶかと思った」

そう言って美玲がクスリと笑う。

「まさか。現実になったら違うよ」

奈緒の言葉に美玲が顔を引き締める。

「奈緒、ここの人たちは瘴気《しょうき》に悩まされ、魔物や魔獣に傷つけられているの。この国には長らく聖女がいなくて、別の世界から召喚するしか手立てがなかった。だから私が召喚されたの」

「瘴気って何？」

美玲の話は今ひとつわかりにくいが、奈緒はなるべく話の腰を折らずに聞くことにした。そうしないといつまでたっても美玲の話が進まず、状況が把握できないからだ。

辛抱強く聞いた結果わかったことは、この世界には人に害を及ぼす瘴気というものがあり、周期的に瘴気が多くなるということ。それを祓《はら》えるのは聖女だけしかいないこと。

だから聖女はこの世界に不可欠なのだと美玲は言う。

「お姉ちゃんが召喚された理由はわかった。でも、お姉ちゃんがいるのに、どうして私まで召喚されたの？」

「それは……私の体が弱いから、喘息《ぜんそく》がぶり返したの」

「え？　でもだいぶ前に喘息の方は治ったたって」

美玲は苦しそうに咳《せ》き込みながら、首を振る。

「ここに来て、また出てきたの。環境が合わないみたい。それに昨日奈緒に聖女の力を分けちゃったから、体が弱ってきたんだよ」

「なら聖女の力は返した方がいいんじゃない？　それともう一度確認したいんだけど、帰る方法はあるの？　それともないの？」

奈緒はその答えが欲しかった。

「奈緒、帰る方法を探すのは後で。まずこの国を救わなくちゃ。この国は瘴気があふれているせいで、魔獣や魔物に蹂躙《じゅうりん》されている。だから聖女の私が必要なの」

美玲の返答に奈緒は困惑する。

魔獣や魔物と突然言われても実物を見ていないので、実感が湧かない。それにこの世界に二か月もいる美玲と、二日前に来たばかりの奈緒とでは温度差があった。

「それで？」

奈緒は先を促した。

「今は聖女である私が、毎日大神殿で祈りを捧《ささ》げてこの王都に魔物が侵入しないように防いでいるの。それから、魔獣や魔物に傷つけられた人たちや、瘴気にあてられて病気になった人たちを癒《い》やしたりもする」

奈緒が思うよりもこの国の状況は深刻で、聖女は忙しいようだ。

「神官も補助してくれるけど、重症者は聖女にしか癒やせない」

「だから、お姉ちゃんは帰れないってこと？」

「それで奈緒を呼んだんだよ。聖女の力で増えすぎた瘴気を浄化すれば私の仕事は終わる。そうしたら、帰る方法を探して帰ればいい」

なぜ呼ばれたのか、やっとわかった。そして現時点で帰る方法がわかっていないことも。

「私が聖女の仕事を手伝うってことだよね。でも異能?とかっていう力のない私には無理じゃない?」

「私が力を分けたから手伝いくらいなら奈緒にもできるよ。二人で力を合わせれば、より早くこの国の問題を解決して帰れる!」

そうは言っても、奈緒が最後に見た母の姿は明らかにおかしかった。

「お母さんは、お姉ちゃんがいないとダメなんだよ。私は『いらない方』だって言われたし。だから、なんとか帰る方法を見つけて、お姉ちゃんだけでも先に帰ったらどうかな?」

恐らく、その方が母も落ち着くことだろう。

「それは違うよ、奈緒!　私がこの国の聖女なんだよ?　なんで私が先に帰らなきゃならないの?」

突然怒りだした美玲の姿を見て、奈緒は驚いた。

「え?　どうしたの?　急に?」

「だって、それって奈緒がこの国の聖女になりたいってことでしょ!」

奈緒は首を横に振る。

「やだよ。なんでそんなふうに思うの?」

奈緒は昔から美玲のこんな態度によく驚かされる。優しかったかと思うと、急に怒りだすのだ。

「そう、じゃあこれからはそんな言い方しないで」

意外にもあっさり美玲は矛を収めた。根に持つタイプなのに珍しい。

「それで奈緒はここが嫌なんでしょ？」

「うん」

「奈緒がここにいるのが嫌なら、地方を巡礼してほしいの」

「それって、各地を回るってこと？」

「そう。地方にも傷ついた人がたくさんいるから、瘴気を祓いながら巡礼するの。それとも奈緒がここに残って王宮や大神殿にいて王都を守る？　その場合私が巡礼に出ることになるけど、王族や貴族とうまくやれないと難しい……」

「私が巡礼する」

その二択ならば、消去法しかないが、言葉にできないもやもやとした不満が募る。

「奈緒にも聖女代理としての身分を与えるようにエクターを説得するから。ちょっとだけ我慢してくれる？　そうすれば、使用人も好きなように使えるから」

「え？　使用人？」

普通に使用人と口にする美玲に、奈緒はなんともいえない違和感を覚えた。

「そう、奈緒が好きにこき使っていいからね。気に入らなかったら、私に言って。クビにしてあげる」

（お姉ちゃん、なんだか別の人みたい）

「それから、ここは身分社会だから、エクターのことは殿下って呼んで。彼はこの国の第一王子なの。イアーゴのことはイアーゴ様って呼んでちょうだい。彼らは特権階級だから敬意を払って」

奈緒は目を丸くする。

「お姉ちゃん、呼び捨てにしてなかった？」

「私は彼らと信頼関係ができているし、本物の聖女だから敬われているの」

自慢げに言う姉に釈然としない気持ちをいだくが、奈緒は一人になって気持ちの整理をつけたかった。

「わかった。今度、聖女の力の使い方教えてね」

（ほんとは全然納得してないけど。ちょっと疲れたよ）

奈緒はそのまま北の離宮で暮らすことになった。

食事は城の女官が運んできてくれた。夕食は硬いパンと冷めたスープで、冷遇されているのか、ここの食事自体が質素なものなのか判断しかねた。

「ああ、私のカレーが……」

召喚された時に持ってきた食材がどうなったのか気になる。

「この硬いパンにつけてカレーが食べたい」

奈緒は切なげに冷めた薄いスープをみつめた。

そして、その晩眠りに落ちる直前に奈緒は気づく。

(ここ異世界なのに、言葉も普通に通じるし、そこここに書かれている文字も読める。明らかに日本語ではないのに。召喚の特典とか？)

なんにしても、それだけはありがたいことだと奈緒は思った。

第三話　身勝手な姉

奈緒が翌日の朝も硬いパンとお湯のようなスープだけの食事を済ませると、美玲が部屋にやって来た。

「奈緒、調子はどう？　少しは慣れた？」

美玲はあっけらかんと言う。

「お姉ちゃん。私、お風呂に入りたい。それから私のカレールー知らない？」

「あはは、カレールーって召喚された時に持ってた買い物袋の中身？　城のどこかにあると思うよ」

美玲は何が楽しいのかけらけらと笑う。

「そうだ。奈緒、これに着替えて」

美玲は奈緒に白いローブのようなものを持ってきた。

「何これ、この国の服なの？」

「新しく聖女服を作ってもらったんだ。私のは金の刺繍《ししゅう》で、奈緒のは銀。これで堂々と城の中も歩けるし、ある程度敬ってもらえる。奈緒の身分も聖女代理ってことでもらったよ」

美玲の聖女服に比べるとずっとシンプルだが、ドレスのような衣装に慣れなくて、なんとなく気恥ずかしく感じる。それに真っ白というのは目立つ。

「私、制服でいいよ。それに白いから汚しちゃいそう」

「ダメだよ。これを着ないと。この世界では身分や職業は服装でわかるようになってるから。それにこれ特別な浄化魔法がかかっていて汚れないよ。それから聖女って眼鏡かけてないんだよね。眼鏡外す？」

「眼鏡はないと無理だよ。そんなことより、浄化魔法ってなんだかすごいね。この世界には魔法があるんだ。お姉ちゃん、ありがとう」

奈緒は魔法と聞いてがぜん興味を引かれた。改めて白のローブを見る。

「当たり前じゃない。私も奈緒も召喚魔法で呼ばれたのよ。それから、この子は今日から奈緒のメイドだから」

紹介されたのは奈緒と同じ年くらいの茶色の髪にハシバミ色の瞳を持つ女の子だった。

彼女は緊張した面持ちで奈緒に挨拶をする。

「今日から聖女代理ナオ様のお世話をさせていただきます。エヴァ・バロワと申します」

「こちらこそ、よろしくお願いします。私、この国のことよく知らないから、いろいろ教えてくださいね。エヴァさん」

奈緒がにっこり笑って答えた瞬間、美玲の顔色が変わった。

「奈緒！　この子使用人だよ？　敬語使ってどうするの？　私がなめられるからやめてよ！

それに『メイド』でも『あんた』でも呼び方なんてなんだっていいのよ。名前も覚える必要ない。使用人は友達じゃないんだよ？」

暴言ともいえる美玲の言葉に、奈緒はあっけにとられた。美玲の横でエヴァがすっかり縮こまっている。

「お姉ちゃん、そんな言い方ってないよ」

エヴァがかわいそうで、奈緒はちょっと悲しくなり眉尻を下げる。

「奈緒、口には気をつけてっ。私の妹だから無事だけど本来なら昨日の時点で不敬罪で捕まって、下手《へた》したら処刑されてんだからね！」

美玲は癇癪《かんしゃく》を起こした。いつも突然で、どこに彼女の地雷があるのかわからない。

「それって、脅してるの？」

奈緒は美玲の発言に目を白黒させる。

「いい加減にしなさいよ！　ちょっとは姉を立てなさい！　私がここまでお膳立てしてあげたのに、あんたって本当にわがまま。どうなったって知らないから！　それから、奈緒は聖女代理。間違っても聖女を名乗らないでよね！」

美玲は怒鳴り散らすと、足音高く奈緒の部屋から去っていった。

一瞬部屋に沈黙が落ちた後、なぜかエヴァが謝りだす。

「申し訳ありません、聖女代理様！　私のことはどうか、エヴァでもメイドでもあんたでもお好きにお呼びください！」

「謝らないでください、エヴァさんはちっとも悪くないですから。それから、私のことは『ナオ』と呼んでくださいね」

奈緒の提案にエヴァは深く頭を下げる。

「ナオ様、エヴァで結構です。私はナオ様にお仕えする身ですので、当たり前です」

奈緒はそこで考えた。

「ええっと、この国の人はメンツというか身分を重んじるんですよね。つまり、私はナオ様と呼ばれなければならない。そして私がエヴァと呼ばないと、あなたがひどい目にあわされるということですよね？」

エヴァは青い顔をして黙り込んだ。

「わかった。エヴァって呼ぶね。敬語も使わない。でも、二人きりの時は私のことナオって呼んで？」

奈緒は怯《おび》えている様子のエヴァに笑いかけるが、彼女は首を振って拒絶する。

「どうかナオ様、それだけは……。私のような身分の者は、本来なら聖女代理様にお仕えすることすら許されないのです。呼び捨てにするなんてありえません」

（面倒なところに来ちゃったな……。でもこのままじゃエヴァさんがかわいそう）

「わかった。不敬罪ね？」

「わ、私の口からはこれ以上は」

震えるエヴァを見て、この国の身分制度は相当厳しいものだと奈緒は実感した。

(お姉ちゃんは、本当に私のために聖女代理っていうこの国ではありがたい身分をもらってきてくれたのね。だから、あんなに怒ったのか……)

美玲に一言でもお礼を言えばよかったと、奈緒は少し反省した。奈緒に力を分け与えたせいで喘息がひどくなったとも言っていたし、発作を起こさないといいなと思う。この国に喘息の薬はあるのかと奈緒が心配していると、エヴァは戸惑いながらも、笑みを浮かべて口を開く。

「ナオ様、湯あみをなさいますか？」

「湯あみって、お風呂に入ることよね。うん、お願いします」

エヴァがずっと奈緒に敬語を使ってくるので、奈緒も調子が狂ってしまう。

(どうしゃべったらいいのかな？　私、ただの高校生だよ)


奈緒はエヴァの後について、湯殿に向かう。

エヴァの説明によると聖女はそこで湯あみをして体を清めるという。一種の沐浴《もくよく》のようなものだ。

そして体を清めなければ、聖女代理の服を着ることができないという。エヴァに沐浴の手伝いを申し出られたが、それだけは断った。

奈緒は一人で温かい湯殿に入ったが、勝手のわからない場所で眼鏡を外す気にはなれず。眼鏡の曇りを取りながら、体を洗い、湯につかる。

眼鏡をかけたまま湯殿から出るとエヴァがびっくりしたような顔をした。

「ナオ様、眼鏡が曇りませんでしたか？」

「あはは、曇ったけど。勝手がわからないところで、眼鏡を外すのが怖くて」

「そうですか。あの、これから髪を乾かしますが、できれば眼鏡を……」

「うん、わかった外すね」

奈緒は椅子に座り眼鏡を外す。

「ナ、ナオ様は、眼鏡を外すと……その、印象が変わりますね」

「ああ、プールの授業とかでよく言われる」

「はい？　プールですか？」

エヴァがドライヤーのような魔導具で髪を乾かしてくれている間、奈緒はプールの授業について説明した。すると「泳げるのですか？」と驚いていた。

それから、聖女服を着つけてくれた。

「ありがとう」

礼を言うとエヴァがびっくりしたような顔をする。

「こちらこそ、お手伝いできて光栄です。これからもよろしくお願いいたします」

彼女はにこりと微笑んで頭を下げた。

「そうだ。この国のことちょっと聞いてもいい？」

「はい、私の口から話せることならば」

（話せないこともあるんだあ……）

「身分制度のある国って聞いたけど、あなたの身分は何？」

「私はバロワ男爵家の三女です」

「え？　男爵家って貴族じゃない！　偉いんじゃないの？」

エヴァは慌てて首を振る。

「いえ、とんでもございません。家門は庶民に毛が生えたようなものです。私は魔法が使えるので城に仕えることになりました」

「庶民って。私が今までいた異世界では、私も庶民だったけど？　それに魔法が使えるなんて、エヴァはすごいね」

エヴァがびっくりしたような顔をする。

「あの、ミレイ様のご家族様ならば、庶民ということはないかと存じます」

「どういうこと？」

美玲が自分の身分をどう説明したのかも気になった。

「ミレイ様は、身分制度のない世界でお育ちになったとおっしゃっていました」

物は言いようだと奈緒は思う。美玲の言葉は建前だ。

「まあそうだけど、現実的にはどうだろう。貧富の差とかあるし」

「それはこの国でも同じです」

「そうよね。決定的な違いは、やっぱり身分制度。慣れなくって息苦しく感じるなあ」

あのエクターという王子とイアーゴは、すぐ奈緒に対して怒鳴るから苦手だ。

「お話を伺っていると、ナオ様のいらっしゃった世界が素晴らしいところのように思えます。そういう国だからこそ、聖女がお生まれになるのですね」

なぜかエヴァがきらきらと目を輝かせる。奈緒からしてみればよくわからない聖女というものより、魔法の方がよほど興味深い。

「ね、それで魔法のことなんだけれど、それってどんなの？」

「たとえば火魔法を使ってかまどに火をおこしたり、明かりをつけたり、水魔法を使って洗濯したりといろいろなことに使います。私は土魔法が得意なので、芋を掘り起こすのに便利です。いずれにしても、こちらの城の設備は魔導具でできているので、それらを利用するには魔法を使う必要があるのです」

「へえ、これぞ異世界って感じ。エヴァの話を聞いて、なんだか楽しくなってきた。ねえ、私も何か魔法が使えないかな？　箒《ほうき》に乗って空を飛んだりとか」

「え？　あの、ホウキって……お掃除に使う箒のことですか？」

エヴァはびっくりしたように目を丸くする。

「この世界では、空を飛ぶ魔法はないの？」

「風魔法にたけた者ならば、できるかもしれませんが……箒は使わないかと。それと、魔力を持っていないと魔法は使えないのです。異世界から召喚されたほとんどの聖女様は魔力をお持ちではないようで、いずれにしてもそのような魔法を使うことはできません」

エヴァが少し困ったように答える。

「じゃあ、お姉ちゃんも？」

「わ、私にはわかりません」

エヴァが焦ったように首を横に振る。

（お姉ちゃんに関する質問はＮＧなのかな？）

「そうなのね。私のいた世界に魔法がないから、使えたら楽しかったのになあ。残念」

奈緒はあっけらかんとした口調で答える。

「でも、聖女様には魔力よりもすごい力、神聖力があります。この世界で瘴気を祓えるのは、聖女様だけです！」

エヴァが顔を輝かせた。

「そうだ。瘴気について詳しく教えてほしいの。瘴気って、目に見えるものなの？」

美玲の話にも出てきたが、実際にはどういうものかわからないでいた。

奈緒の質問にエヴァが一瞬戸惑ったような表情を浮かべたが、彼女はすぐに説明してくれた。

「瘴気とは、黒い靄《もや》とか霧のようなもので、それが濃くなると動物や植物が魔物に変化し狂暴になります。そして、さらに濃くなってしまうと魔獣に進化して脅威になります。また飲み水や作物を汚染したり、人が長い時間浴びると病に倒れたりします」

「つまり瘴気が蔓延《まんえん》してしまうと、安全な食べ物や飲み水もなくなり、最終的には人が住めない環境になってしまうのね」

美玲より、エヴァの説明の方がずっとわかりやすかった。そのうえ、薄い瘴気だと聖女や神官にしか見えないらしい。濃くなって病気や魔物が蔓延して、初めて人の目にも映るという。

（とはいえ、私は異能を持たない聖女代理なんだよね……期待が重いかも）

奈緒は小さくため息をついた。


その日の夕食は豪華で驚いた。

「どうしたの、この料理！」

「お気に召しませんか？」

エヴァが心配そうに聞いてくる。

「違うよ。嬉《うれ》しいの。昨日まで、硬いパンとお湯みたいなスープだけだったからびっくりしている。この世界にもお肉があってよかった」

奈緒は顔をほころばせた。

「お喜びいただけてよかったです」

エヴァが嬉しそうに微笑んだ。

奈緒は早速、肉にフォークを刺す。塩と胡椒《こしょう》と何かの香辛料を使ったシンプルな味付けだが、とても美味《おい》しい。

「ねえ、このお肉、何を使っているの？　豚でもないし、牛でもないし、鶏でもない」

奈緒はそれ以外の肉を食べたことがなかった。

「鹿肉でございます」

「すごい！　ジビエだ」

「え？　ジビエですか？」

「うん、私のいた世界では鹿とか猪《いのしし》とか、狩猟してとった野生鳥獣の肉をジビエっていうの。初めて食べるけど、とっても美味しい」

奈緒は食事の途中ずっとエヴァが立ちっぱなしなので、椅子を勧めたが、絶対に座ろうとしない。この国の身分制度に胸が痛む。

（私の身近になかっただけで、日本にも持てる者と持たざる者はいたよね）

そんな思いを噛みしめた。

「ねえ、エヴァ。もしかして私のために無理してこの料理を準備してくれたんじゃない？」

昨日とは雲泥の差のメニューを見て勘繰ってしまう。

「え、いえ、そのようなことは」

「ありがとう。私が、第一王子の不興を買ったからだよね」

エヴァがさっと目を伏せる。奈緒はなんとなく察しがついてしまった。

「あの、どうかナオ様、エクター殿下とお呼びください」

震える声で頼んでくるエヴァに奈緒は約束した。

「わかった。あなたを困らせないように気をつける」

エヴァは奈緒に深々と頭を下げた。

第四話　唐突に始まる巡礼の旅

美玲が奈緒の部屋を訪れた日から一週間が過ぎた。

エヴァの説明によると、聖女の力——神聖力を発揮することにより、瘴気と呼ばれる穢《けが》れを祓うことができ、かつ人の傷を治癒することもできる力らしい。ある程度ならば、この国の神官にも使うことができるが、聖女の力は桁違いだという話だ。

しかし、聖女の力の使い方についてはさっぱりわからなかった。

美玲やエクター、イアーゴを怒らせてしまったため、今の奈緒にはエヴァ以外の情報源がない。

そのうえ、奈緒は湯あみ以外では、部屋を出られないことになっている。奈緒の部屋の前に立ち番がいるのだ。

（これって軟禁だよね？　聖女の力があるっていうのなら、せめて力の使い方くらい教えてくれてもいいのに）

美玲は相当怒っているようで、奈緒の部屋で怒鳴り散らした時以降、全く訪ねてこない。

エクターやイアーゴの姿を見ることもなく、その点では奈緒はかえって清々していた。しかし、異世界にいるという不安は脳裏について回っていた。

今のところ奈緒が信頼できるのは、この世界に来てから彼女の世話をしてくれているエヴァだけだ。

この世界に召喚されて二週間が過ぎた朝、目覚めるとエヴァがいつものように朝食を持ってやって来た。

エヴァの格好を見て奈緒は思わず眼鏡をかけ直す。いつも着ているメイド服ではなく、ゆったりとしたチュニックにズボン、頑丈そうなブーツを履いているのだ。

「エヴァ、珍しいね。とっても似合うけど、その格好どうしたの？」

奈緒はテーブルについて、塩コショウで味付けをされたスクランブルエッグを食べながら声をかけた。

「それが、ナオ様に勅命が」

「ちょくめい？」

エヴァが戸惑い気味に、奈緒に立派な紙を渡す。

書かれているのは、知らないはずの文字なのにすらすらと染み込むように頭に入った。

「ん？　要するに今日、これから巡礼に行けってこと？」

（せめて前日にでも予告してくれればいいのに……）

奈緒が最後に会った時、美玲は『私が巡礼するから』と言っていたが、初めからそのつもりはなかったのだろう。奈緒はこうなることを薄々察していたが、それにしても急すぎる。

「はい、王太子殿下の命令でございます。それから、こちらが支度金です」

奈緒は金、銀、銅貨の入った麻袋を渡された。

「巡礼ねえ……支度金をもらえるのはいいけど、これで何を準備すればいいのかな。そもそもこれで必要なものを買えるのかどうかもわからないし」

この国の通貨の相場を知らない奈緒は、途方に暮れる。

「旅に必要なものは私が買ってきますのでご安心ください。地方に出ると、通貨を使うより物々交換が多いので、その準備もしておきます」

「わかった。じゃあ、これはエヴァに預けるね」

奈緒が金貨の入った袋をエヴァに渡すとエヴァは目をむいた。

「こんなにいりません」

「でもいくらかかるかわからないじゃない、私も一緒に行こうか?」

「いえ、ナオ様は巡礼の旅が始まるまで、この城から出ないようにと……」

エヴァが申し訳なさそうな顔をする。

「なるほど、逃げ出すことを警戒しているのね」

「ナオ様、めったなことを言ってはなりません」

エヴァが青ざめる。

（この国にはいろいろな魔導具があるから、部屋に盗聴器みたいなものがしかけられていると
か？）
「うん、わかった。気をつける。じゃあ、よろしくね」
エヴァを困らせるのは本意ではないので、城を出たらいろいろと聞いてみようと思った。

それから半日ほどで、エヴァは帰ってきた。

靴に着替えの服や下着、水筒にタオル、寝袋のようなものなどいろいろとあった。エヴァが一つひとつ袋から出して説明してくれる。

それを縦長の大きなきんちゃく袋に詰めて、肩に背負うのだ。

「へえ、けっこうな重さになるんだね」

そう言いつつも、奈緒は毎日の通学で重い荷物には慣れている。教科書は持ち帰る派だったからだ。

「大丈夫です。私が荷物を持ちますから」

「え？　なんで？　自分の荷物くらい自分で持つよ。てか、エヴァも同行してくれるの？」

奈緒は嬉しくなってエヴァの手を取った。

エヴァは恥ずかしそうに頬を染める。

「はい、よろしくお願いします」

「こちらこそ、よろしく。エヴァが来てくれるなら心強い！　それで荷物のことなんだけど」

奈緒が再び荷物の話を出すと、エヴァが心底困り果てた顔をした。

「身分制度か……。そうだ。何か魔導具で荷物を軽くできないかな？」

「はい、収納鞄という魔導具がございます」

その話を聞いて、奈緒のテンションも上がる。

「そんな魔導具あるんだ！　じゃあ、それ買おうよ」

「それがとても高くて……」

奈緒は支給されたお金の入った麻袋を見る。

「お金はあんまり減っていないけど、これだけあっても買えないくらい高いの？」

「いえ、その半分で買えるかと思います」

「じゃあ、買っていこう！」

「でもそうするとナオ様が先々大変なことになります」

エヴァが慌てて止める。

「私が、大変に？　そんなに巡礼ってお金がかかるの？」

奈緒は少しだけ不安になる。

「いい宿にも泊まれなくなりますし、下手をすれば毎日野宿をすることにもなりかねません」

「この国の治安はどうなんだろう？　もしかして悪い？」

奈緒はそこが気になった。治安がよければ別に野宿でもかまわない気がする。キャンプなどしたことがない奈緒は、内心興味津々だった。

何より、この殺風景な部屋から出られるのなら、奈緒にとっては野宿でもなんでもよかった。離宮とはいえ、明かり取りの小さな窓くらいしかなくて、薄暗いのだ。奈緒としては早く外の世界が見たい。

「辺境の地区では夜盗が出ますし、泥棒などいろいろ……もっと物騒なこともあります」

言葉を濁しながら、小声でエヴァが教えてくれた。

「なるほどね。私は食べ物と安全を確保できればいいと思っている。野宿さえしなければいいのよね。だったら宿屋は別に安くてもいいし、食べ物はなんとかなりそう」

実は奈緒にはある能力があった。でも日本では役に立つどころか、母や美玲からしこたま怒られた。だが、この世界では役立ちそうだ。

「よし、収納鞄を買いましょう。ほかの準備はもうできているから、鞄を買いに行ってそのまま出発していいんだよね」

エヴァは顔を赤らめる。

「申し訳ありません。私のためですよね。実はナオ様、私はすごい力持ちなんです！」

エヴァはそう言って、二人分の荷物を片手で軽々と頭上に持ち上げた。

それには奈緒もびっくりした。

（異世界の女性って力持ちなんだ！　体はすらっとしているのに、かっこいい！　でも長時間持つのはつらいよね？）

もしかしたら、エヴァは奈緒のために無理をしているのかもしれない。奈緒はそんなふうに感じた。

「違うよ。魔導具とかって興味があるからさ」

奈緒はそう言って笑うと、ドアに向かって歩を進める。

エヴァに引け目を感じてほしくなかった。

「やったー！　やっと、外に出られる。城下町ってどんな感じだろう。すっごく楽しみ！」

奈緒とエヴァは嬉しそうに微笑み合った。


離宮から出て、長い回廊を抜け城門へ向かう途中、女官や従者に文官など、王宮で働く人たちに行き会ったが、誰も奈緒に挨拶する者はいない。

白い聖女服を来た奈緒を見る王宮の者たちの目には、嘲るような冷たいような色が交じっている。薄笑いを浮かべている者さえいた。

「あれが聖女代理だって？」

「あんな小娘に務まるのか？　まだ十四、五歳じゃないのか？」

「眼鏡をかけた聖女なんて見たことがない」

そんな囁き声が風に乗って聞こえてくる。

「私は十七歳だって」

奈緒はボソリとつぶやくものの、心の中ではテンションマックスだった。

今まで窓の外の景色を見ることもかなわなかったのだ。

（ふふ。皆、好きに言っていればいいよ。私はこれからエヴァと一緒に外の世界を楽しんでくるから！）

空は青く澄み、旅立ちの日にふさわしい。久しぶりの明るい日差しに奈緒は目を細めた。爽やかな風が吹き、どこからか、甘い花の香りを運んでくる。離宮から出ただけで驚くほどの解放感があった。


広い王宮の敷地内からは至極あっさり出られた。

番兵は感じが悪く、奈緒たちをじろりとにらむと顎をしゃくってさっさと出ていけと言わんばかりの態度だった。

門を出たところでエヴァが言う。

「ナオ様、城壁の外で巡礼のお供の方たちがナオ様をお待ちになっております」

「そうなんだ。エヴァ以外にも同行してくれる人がいるのね！」

奈緒は興味をひかれた。エヴァのようにいい人なら嬉しい。

「私も詳しくは知りませんが、神官のミハエル様がナオ様の補助につくそうです」

ミハエル、どこかで聞いた名前だと奈緒は思った。

「そういえば、私の聖女判定をしてくれた人が同じ名前だったなあ」

「恐らく、そのミハエル様です。後は護衛の騎士を二、三名つけてくださるとは思うのですが……はっきりしたことはわかっておりません」

エヴァは困ったように眉尻を下げる。

「大丈夫！　エヴァがいるから、すっごく心強い」

（エヴァ、なんか私に巻き込まれた感じで、ごめん）

奈緒は笑顔で言いつつも、心の中でエヴァに詫《わ》びた。

「そうだ。エヴァは旅に出ることを知らせておきたい人はいる？　巡礼って全国を回るから、長く王都を留守にするでしょ」

「ありがとうございます。でも大丈夫です、誰一人としておりません！」

きっぱりとすがすがしい笑顔で言うエヴァに、彼女の闇を見た気がした。

（なんか親近感湧くなあ。エヴァは王宮から出られて清々しているのかもしれない。実は私も家を離れてちょっとすっきりしている）

奈緒は気を取り直して、エヴァに尋ねた。

「行く場所とかは決まっているの？」

「恐らくミハエル様がご存じかと……」

「そうなんだ。案内してくれる人がいるなら安心だね」

（私が巡礼に出ている間に、お姉ちゃんが元の世界に帰れる方法を探してくれているといいけど。やたら聖女の使命に燃えてたからなあ）

口に出してもエヴァが困るだけなので、奈緒は心の中にとどめておいた。


奈緒は初めて城下町に来た。

この町全体を大きな城壁がぐるりと囲んでいて、町には人や馬車があふれ、活気に満ちている。街路にはたくさんの商店が軒を連ねていた。道は石畳で舗装してあり、空気は乾燥していて少しほこりっぽい。

「へえ、いかにも西洋風ファンタジーの城下町って感じ」

この世界に来て初めて胸の高鳴りを感じた。

「その西洋風ファンタジーというのはよくわかりませんが、この城壁が魔物やそれより強く進化した魔獣が王都に侵入してくるのを阻んでいるんです」

奈緒は初めて聞く話だった。

「それは魔法とか、魔導具とかで守られているの？」

「百年前の聖女様が張られた結界で守られているのです」

「すごいね。結界ってそんなにもつんだ」

日本で言うところのお札《ふだ》で封印するようなものだろうかと奈緒は考えた。

「それが……月日が流れるとともに力が弱まっていって、結界を補強するために聖女様の祈りが必要なのです」

「なるほどね。それでお姉ちゃんが召喚されて、毎日祈りを捧げているのね。やっぱり言いすぎちゃったな」

美玲は、奈緒が巡礼の旅に出るというのに、見送りにすら来ない。

奈緒の言葉に一瞬エヴァが目を泳がせる。

「だ、大丈夫だと思いますよ。その……聖女様はお忙しいのかと」

「ありがと。エヴァって優しいね。そうだ、城壁の門へ向かう前に魔導具屋さんへ連れていってよ」


奈緒は魔導具屋で収納鞄と、安くて地味なフード付きローブを買って店の外に出た。

「ナオ様、この鞄、高いのに……。所持金は残り半分を割りました」

エヴァが震える声で言う。

「いいのいいの。エヴァ一人に荷物を全部持ってもらうのは悪いし、かといって、私が持つとエヴァに迷惑かけることになるしね。それにしても信じられない。どういう仕組みかわからないけど、たくさんあった荷物がこんな小さな鞄に入っちゃうんだね」

奈緒は収納鞄に興味津々だった。

「はい、空間魔法というものが使われているそうです」

「すごいね！　便利すぎる」

奈緒は目を輝かせた。

一通り収納鞄の機能を堪能した後、奈緒は白く立派な聖女服の上に、今買ったばかりの地味なローブを羽織る。

エヴァが珍しく不服そうな顔をする。

「こんな白い服着ている人、町にいないから目立つし、周りの人たちの視線が痛くて」

美玲は聖女服を着ていれば敬われると言っていたが、そんなことはなく、町の人々からはむしろ奇異な視線を注がれていた。

「しかし、聖職者の服を着ていると皆敬意を払ってくれます」

「私には不安そうに見えた。あんな小娘で大丈夫か、っていう顔してたよ？」

奈緒は笑いながら、軽く肩をすくめる。

「ナオ様、聖女はとても尊い存在です。隠す必要などありません！」

エヴァが顔を真っ赤にして力説する。彼女の一生懸命な気持ちは嬉しいがそれとこれとは別で、奈緒は目立つことに慣れていない。

「ありがとう、エヴァ。でも、なんかちょっと恥ずかしいんだよね。目立つの慣れなくて。お姉ちゃんが言うには、私って事なかれ主義らしいから。あら？」

その時、奈緒は乾いた道端に落ちている淡い黄色の小鳥を見つけて駆け寄った。

「かわいそうに、こんなところにいたら、馬車に踏まれてぺちゃんこになっちゃう」

それを思うだけで小鳥が哀れで奈緒の胸は痛んだ。奈緒が地面にしゃがみ込んで触れると、小鳥がピクリと動いた。

「よかった！　まだ生きてる。温かいし、動いてるよ」

すくい上げるように手のひらにのせる。

（かわいそう……。まだこんなに小さいのに。どうか助かりますように。そしてもう一度飛べますように）

そんな思いを込めて、奈緒がそっと優しく撫《な》でると、小鳥がふわりと光った。

「エヴァ！　今この小鳥、光らなかった？」

奈緒とエヴァがびっくりしたように、お互い顔を見合わせる。

見る間に小鳥は元気になり、羽ばたいて空高く飛んでいった。

「ナオ様、今あの小鳥が癒えることを祈りましたか？」

エヴァが真剣な表情で聞いてくるが、奈緒は首をかしげた。

「助かりますように、もう一度飛べればいいのにと思っただけで、祈ったというか……」

自覚は全くなかったし、到底自分の力とは思えなかった。

「それが聖女の御業《みわざ》でございます。私は優しい聖女様に仕えられて幸せでございます」

「やだ。ちょっとエヴァどうしちゃったの？」

感動に打ち震えるエヴァを見て奈緒はおろおろした。

そうしている間にも淡い黄色の小鳥は空から舞い戻り、奈緒の肩にちょこんととまる。

「わあ、かわいい！　これって懐いたのかな？」

だとしたら、奈緒の旅のお供が増えたことになる。

「すごいです。聖女様は小鳥にも懐かれるのですね」

「聖女じゃないって、聖女代理だって。私、お姉ちゃんから力を譲渡してもらっただけなんだから」

いちいち大袈裟《おおげさ》なエヴァに、奈緒は笑ってしまう。

この異世界でエヴァだけは奈緒に善意を向けてくれる。奈緒はそのことが、ただただ嬉しくて、安堵《あんど》した。

奈緒は小鳥を肩にのせたままで、エヴァと共にのんびりと歩いて番兵に通行証を見せ、城壁の外に出た。

城壁の外へ出た途端町の喧騒《けんそう》は消え、草と土の匂いがした。目の前には石畳で舗装された街道が一直線に走っている。

（一緒に巡礼に出る人たちもエヴァみたいにいい人だといいなあ。監視みたいなのだったら、やだな）

そんな思いで辺りを見回すと、びっくりするほどのイケメンが立っていた。

（水晶の間で見かけた、あの不思議で綺麗な瞳の色をした人だ。そう、アレキサンドライト！）

誰かが彼の名を呼んでいた気がするが、覚えていない。だが、さすがにこの男性の容姿は印象に残っている。

そのうえ、彼は耳飾りにブレスレット、指輪をつけた派手な格好をしているからさらに目立つ。

そしてもう一人は水晶の間で聖女判定をしてくれた神官ミハエルだ。ミハエルの方は見るからに人がよさそうでほっとする。

「やあ、君が聖女代理かい？」

イケメンの方がにっこりと微笑み、フレンドリーに声をかけてきた。

「はい、はじめまして、日浦奈緒と申します。ナオと呼んでください」

相手が、あまりにもイケメンすぎてかえって現実味がなく、見とれることも赤面することもなかった。逆に、ここまで外見が派手だとオタク系の奈緒としては別世界の人種なので、警戒してしまう。

（えっと、話、合うかな……？）

ぺこりと頭を下げた奈緒は、ちょっぴり不安になる。

ふと顔を上げると、イケメンと目が合った。

（異世界ってすごいな。この人、とっても神秘的な目の色をしている。光の加減でエメラルドグリーンからワインレッドに変化する。澄んだ瞳なのに色が定まらない）

吸い込まれるような綺麗な瞳の色についつい見入ってしまう。

「僕の瞳の色が気になる？」

そう問われて奈緒はハッとする。初対面の人をまじまじと見るなんて失礼だ。

「ごめんなさい！　あんまりにも綺麗な瞳だったんで見入ってしまいました」

奈緒が正直に答えると、彼は笑った。

「ありがとう。君のその眼鏡も魅力的だね。こちらでは見ない形だけれど、なんの素材を使っているのかな？　それにかわいい小鳥連れの聖女なんて素敵じゃないか」

日頃、褒められ慣れていないので、奈緒はびっくりして真っ赤になった。

（え？　異世界の男性ってこんな感じなの？）

「あ、ありがとうございます。あの、でも私は聖女代理です」

あれだけ美玲が聖女代理を強調していたのだ。奈緒が聖女として巡礼したら、また騒ぎになるだろう。美玲は怒ると後が面倒なのだ。

すると奈緒の肩の上で小鳥がピーピーと励ますように鳴く。

「では聖女代理ナオ様。僕はトリスタンです。あなたの護衛として同行します」

と言って、トリスタンが優雅に頭を下げると、ミハエルもそれにならうようにお辞儀する。

「私は神官のミハエルと申します。どうぞよろしくお願いします」

トリスタンは若いと思うが、ミハエルは二十代半ばくらいだろう。成人男性に二人そろって頭を下げられたので奈緒はアワアワした。こんな経験は初めてだ。

（私、そんなすごいもんじゃないって。ただの女子高生だよ。どうしよう）

結果、奈緒もぺこりと頭を下げる。

「はい、こちらこそよろしくお願いします。それで私はお二人のことをなんとお呼びしたらいいのでしょう？　ええっと、私は身分制度に慣れていないので」

するとトリスタンが気さくな笑みを浮かべて口を開いた。

「僕は北の領地にいる魔法騎士だ。トリスタンと呼んでくれ、もちろん敬称はいらないよ。たぶん君と年も近いだろうから、気軽に話しかけてほしい」

砕けた口調だがなれなれしさはなく、かえって親しみやすさを感じる。

きっとコミュニケーション能力が高いタイプなのだろう。

奈緒としては魔法騎士というものにも興味がある。つい顔に見とれてしまって気づかなかったが、彼は腰から立派な剣をぶら下げていた。

「はい、よろしくお願いします、トリスタン。私のことはナオと呼んでください」

奈緒がそう答えると、今度はミハエルが口を開く。

「以前、水晶の間でお会いしましたよね？　巡礼ではナオ様の護衛兼案内兼補助を務めさせていただきます。ミハエルとお呼びください」

ミハエルは縦にスリットが入った白く長い丈の上衣にズボンをはき、文様の刻まれた金属製の錫杖《しゃくじょう》のようなものを持っている。すごく動きやすそうだ。恐らく錫杖が武器になるのだろう。

「はい、よろしくお願いします。ミハエルさん」

「え？　なんで私だけ『さん』付けなんですか！　私のことはどうかミハエルとお呼びください」

奈緒の肩にとまる小鳥が驚いたようにびくっとする。

ミハエルが泡を食った様子で騒ぐが、そう言われても困ってしまう。

「それは……ミハエルさんの方が明らかに年上だからです。それに私は新米聖女代理です。つまりミハエルさんは先輩！」

トリスタンは、奈緒よりずっと背は高いが、年は近そうだ。それに比べてミハエルは二十代半ばくらいに見える。呼び捨てにするにはかなり抵抗があるのだ。

「私は大神殿に仕えています。すなわち聖女に仕える身、だから絶対にミハエルとお呼びください！」

必死の形相で訴えてくるので、奈緒は思わず後ずさりする。

「わ、わかりました。それがこの国のしきたりなんですね。ミハエル、よろしくお願いします」

ついミハエルの迫力に押されてしまった。

「だったら、皆で仲良く、名前を呼び合ったらいいじゃないか。ねえナオ？」

トリスタンは、めちゃくちゃフレンドリーだ。それに初対面の男性に奈緒と呼ばれたのは初めてだが、なんの抵抗もなかった。

（この人、典型的な陽キャだ。私とは真逆だけど、大丈夫かな？）

初めてのことばかりで頭がパンクしそうになり、奈緒がどきどきしていると、小鳥がかわいくさえずって、奈緒の肩からふわりと飛び立つと、再び舞い戻ってくる。まるで励ましてくれているように感じた。

（私のこと応援してくれているのかな？）

たったそれだけのことで不思議と勇気が湧いてきた。

「はい、その方が気楽です」

奈緒はにっこり微笑んだ。

とりあえず、城壁の外にいた面々と挨拶を終えた後、わずかな沈黙を挟んでトリスタンが口を開く。

「ってことで挨拶は済んだ。ここからは馬車で隣町に行くよ」

トリスタンがさりげなく一同を誘導する。

彼についていくと、ほどなくして路上の隅にあまり目立たない簡素な馬車が止まっているのが見えた。

馬が二頭つながれ、御者《ぎょしゃ》もいる。

「わあ、私、馬車に乗るのは初めて！」

まるでこれから冒険の旅に出るみたいで奈緒はワクワクした。子供の頃にやっていたゲームやおとぎ話を思い出す。あれらの作品の登場人物たちも馬車で移動していた。当時は剣と魔法の世界に憧れたものだ。まさか自分がその世界に召喚されるとは思いも寄らない。

奈緒が馬車に乗ろうとすると、トリスタンが手を差し出した。

「ああ、大丈夫です。一人で乗れますから」

「ナオ様！」

奈緒があっさり断ると、エヴァが慌てたような声を出す。

「ナオ、こういう時は、たとえ一人で馬車に乗れても手を取るものだよ」

奈緒は初対面の男性の手に触れるのは恥ずかしいと思った。

（そっか……郷に入っては郷に従えっていうからね）

「わかりました。気をつけます」

奈緒の言葉に、トリスタンは綺麗な顔をほころばせた。

「慣れないことばかりで君も大変だね。降りる時も人の手を借りるんだよ。覚えておいてくれ」

「はい」

なんだかお姫様になったようで、くすぐったい。

奈緒が読んでいた異世界ものにもこのようなくだりがあった気がする。

（あれと同じで、男性の手を取らないと相手に恥をかかせてしまうのかな？　だから、エヴァが焦っていたんだね）

奈緒はひとり納得した。


馬車が走り始めると奈緒は早速疑問に思っていたことを、向かい側に座るミハエルに質問することにした。

「あの、ミハエルさ……ミハエル。質問ですが、具体的に私は巡礼で何をすればいいんですか？」

「ナオ様には、祈りを捧げていただきます。場合によっては、怪我《けが》人や病人の治癒をお願いすることもあります」

ミハエルが感じよく答える。

「何か祈りの言葉とか作法はないのですか？　それから、治癒のやり方がわからないのですが……」

「君は、まだ聖女の力に目覚めていないのかい？」

トリスタンが意外そうな顔をする。奈緒はなんとなく申し訳ない気分になる。

「いいえ、ナオ様の力は出現しております。先ほどそちらの小鳥を治癒しました」

エヴァの言葉にキョトンとした表情で、トリスタンとミハエルが奈緒の肩にとまる淡い黄色の小鳥を見る。小鳥は機嫌よさそうに毛づくろいをしながら、「ピッピッ」と鳴き声をあげた。

「へえ、そんなことに力を使う聖女は初めて見たよ」

トリスタンが楽しそうに声を立てて笑う。その笑顔が無邪気で眩しいくらいに綺麗だ。

（陽キャ男子、癒やされる……）

「トリスタン、私は聖女代理です」

奈緒が念のためトリスタンの言葉を訂正すると、ミハエルは困ったような顔を奈緒に向ける。

「ナオ様は聖女代理ではないです。力の譲渡を受けた瞬間から聖女様となられたんです。聖女様に代理など存在しません」

「そういえば、ミハエルさ……じゃなく、ミハエルは『力の譲渡を受けてはいけません』と叫んでましたよね？　あれってなぜだったんですか？」

奈緒はそのことが心に引っかかっていた。

すると困ったような顔で、ミハエルがトリスタンを見る。そのしぐさはトリスタンに発言の許可を求めているように見えた。

きっとこの国での地位はミハエルよりも、若く見えるトリスタンの方が上なのだろう。

(身分制度が加わるだけで、人間関係がややこしくなるなあ)

奈緒は頭を抱えたくなった。

「ねえ、ナオ。この国に聖女が二人いたことはないし、異世界から同時期に二人も召喚されたこともない。すべて前例のないことなんだよ。だからミハエルは心配したんだろ?」

そんなトリスタンの言葉にミハエルは「そうなんです」と言って頷《うなず》く。

釈然としない奈緒だったが、それで納得することにした。

この二人がどういう人物なのかまだわからない以上、この問題を深追いすべきではないのだろう。

「わかりました。私も水晶の間でミハエルが騎士に取り押さえられていたから、あの後どうなったのかと心配しました」

「ははは、あの後左遷されちゃいましたよ」

「え!」

からりと笑うミハエルを見て、奈緒がぎょっとすると、小鳥もぶるりと体を膨らませる。

ミハエルの隣にいたトリスタンが表情を引き締めた。

「ミハエル」

トリスタンの一言にミハエルは顔色を変える。

「ああ、すみません！　ナオ様、今のは語弊があったかもしれないです！　あなたのおそばに仕えられて大変光栄です！」

「つまりミハエルさんはあの大神殿から左遷されて、私の護衛になったってことですか？」

「平たく言えばそうですが、護衛になったのは立候補です。というか、ミハエルとお呼びください」

トリスタンににらまれ、気まずそうにミハエルが答える。どうも嘘をつけないタイプのようだ。

「ナオは気にしなくていいよ。それに僕ら二人は、腕のいい護衛だから安心して旅を楽しんで」

「巡礼の旅をですか？」

楽しむ気満々だったが、まさかそんなことを言われると思っていなかった。

「君にとっては初めて見る異世界だろ？　だったら、楽しまなくちゃ損じゃないか？」

彼の一言で一気に気持ちが楽になる。今まで姉の代理という仕事を重荷に感じていたのかもしれないと気づいた。

「はい、ではお言葉に甘えて」

奈緒は、このトリスタンというイケメンは、意外と話がわかる人かもしれないと思った。

それからも奈緒の質問は続いた。一気に疑問があふれ出たのだ。

「トリスタンは魔法騎士なんですよね？　空を飛べたりするんですか？」

「残念ながら、それは無理だな。魔法は基本的に自然界にある火、土、風、水の力を利用し、四つの属性があるけれど、どれにも当てはまるものはないね」

「ナオ様、そういえば、以前箒に乗って空を飛べないのかって、聞いておられましたよね？」

エヴァの発言にトリスタンが噴き出した。

「君って面白《おもしろ》い発想するね」

「私のいた世界に魔法はなかったけど、魔法使いといったら、箒に乗って空を飛ぶんです」

そんな話をするうちに、いつの間にか打ち解けていた。

それから、トリスタンは思い出したように付け加える。

「あとひとつ、空間魔法という特殊なものがある。収納鞄にも用いられるけれど、召喚魔法にも利用されるんだ。もっとも収納鞄に使われる魔法より、ずっと複雑な魔法だけれどね」

奈緒は思わず隣に座るエヴァが膝にのせている収納鞄を見てしまう。

「ああ、ナオ、間違っても収納鞄に入ろうとしないでね。空気がないから窒息するよ」

「え？　なんでわかったんですか？」

まさに今考えていることをトリスタンに言い当てられて、奈緒はぎょっとする。

「面白いね。ナオの小鳥は、ナオと同じリアクションをとる」

トリスタンから、そう言われて思わず小鳥と目を合わせる。そのエメラルド色の瞳に知性があるのではと探してしまう。でもただ愛らしいだけだった。気を取り直して奈緒は再び質問を始める。

「それでこの世界の人は全員魔力を持っているんですか？」

「魔力を持つものは、王国の人口の四分の一に満たない」

「選ばれた人だけが使えるのか……」

奈緒はトリスタンの言葉に感心したように頷いた。

「ナオ様、通常聖女の力を持つのは王国に一人いるかいないかです。あなたこそ選ばれた人ですよ」

ミハエルに言われて奈緒は改めて気を引き締めた。

「そうすると神聖力というのは？」

この奈緒の質問には、ミハエルが答える。

「聖女様と一部の神官が使えるもので、一般的ではありません。魔力を持っていると召喚魔法を除く四属性の魔法が使えます。これらは自然の力を利用した魔法なのですが、聖女様の神聖力は精霊の加護のもとにある力で、魔法とは別のものなんですよ」

「そうなんですね。普通の魔法の方が役に立つ気がします」

ミハエルが驚いたような顔をする。

「神聖力はですね。治癒力を含んでいるんですよ。治癒、すなわち傷や病気を癒やす力です！　これはとんでもないことなんですよ？　しかも聖女様の神聖力は桁違いに強いんです」

（ミハエルからすごい圧を感じる。私、めちゃくちゃ期待されている？）

「それって、要するに人がもともと持つ治癒能力を高めるってことですか？」

「ナオ様、その通りです」

ミハエルがすごく嬉しそうな顔をする。

（ミハエルって、学校の先生みたい）

奈緒は頷いたものの、再び疑問が湧く。

「じゃあ、トリスタンの魔法騎士っていうのは？」

「この剣が魔導具なんだよ。使うのに魔力を消費する。つまり魔導具を操って戦う騎士のことを魔法騎士というんだ」

「わかった、どうもありがとうございます」

これ以上は奈緒の頭がパンクしそうだった。

やがて奈緒は馬車の単調な揺れに眠気を感じてきた。

初めて城から出て浮かれて買い物をして、新しい仲間に出会って緊張して、でも気のよさそうな人たちで安心して……とにかく盛りだくさんな一日だった。

車窓から見える景色も田園風景から、森林へ移り美しいが代わり映えのない景色に移り、奈緒はうとうとと眠りに落ちた。

「ナオ様、着きましたよ」

エヴァに優しく肩を揺すられて奈緒は目を覚ます。

日はとっぷりと暮れていて、馬車の窓外は闇に包まれていた。

目を凝らすとぽつりぽつりと町の明かりが見える。

ぼうっとしていた意識がはっきりしてくると、さっき見ていた景色と全然違っていることに気づき、ハッとする。その瞬間、奈緒は思わず口を開いた。

「もう夜っ!?　隣町なのに馬車でもこんなに時間がかかるの？」

肩にとまる小鳥も眠っていたのか、目をポチポチしている。

すると前に座っていたトリスタンがくすくすと笑う。

「驚いたのはこっちだよ。君は何の警戒心もないんだね」

「え？　何か警戒するようなことがありました？　魔獣とか魔物とか出たんですか？」

魔獣や魔物は瘴気が濃い場所に出るとエヴァから教えてもらっていた。

奈緒がドキリとして答えると、トリスタンは愉快そうに肩をすくめる。

「違うよ。僕だったら、初対面の相手が目の前にいるのに無防備な状態で眠れないと思ってね」

「トリスタンは護衛ではないのですか？」

びっくりしたような反応を見せる奈緒に、トリスタンとミハエルが目を合わせる。

「善良な子だね」

「私もそう思っておりました。たぶん彼女が本物です」

「そうだね。きっと何かの手違いだ。召喚の間に不心得な者がいたのだろう」

ミハエルがトリスタンの言葉に力強く頷く。

奈緒には二人のこのやり取りが何を意味するのかさっぱりわからなかったが、疲れがどっと出て尋ねる気も起きなかった。きっと巡礼と聞いてから、ずっと緊張していたのだろう。


町に入って、すぐに宿は見つかった。

この町では比較的大きめの宿だという。

木造の二階屋で『笑うカエル亭』という金属製の看板がかかっている。

（なかなか斬新な名前。しかも雰囲気がある！）

奈緒は感心して看板を見上げた。これこそ奈緒の知っているファンタジー小説の世界という感じで、宿の名前だけで気分が上がる。

中は土足のわりにほこりっぽさもなく、一階が食堂になっており、二階が宿泊施設になっていた。エヴァによるとこの国では平均的な安宿の形態だそうだ。

木製のテーブルは年季が入っているが、綺麗に磨かれていて、食器なども汚れはなく安心した。薄いスープとパンという簡単な夕食を済ませると、奈緒はすぐに二階の部屋に引き上げることにした。

「ナオ様、この宿にはお風呂がありませんが、大丈夫ですか？」

二階の廊下を歩きながらエヴァが奈緒に尋ねる。

「体を拭くから平気。それに今日は疲れちゃったから早く寝たいし、気にしないでね」

「私の部屋はナオ様のお部屋の隣ですので、何かあればすぐにお呼びください」

「ありがとう。私は大丈夫。エヴァも疲れているでしょう？　おやすみなさい」

エヴァはいつも奈緒を気遣ってくれる。その気持ちが心強い。

「は、はい、おやすみなさいませ」

エヴァは嬉しそうに照れ笑いを浮かべた。

奈緒は体を拭いた後、ベッドに転がりながら考えた。

（巡礼も大事だけど、本当はお姉ちゃんやお父さん、お母さんのこと、いろいろ整理して考えなきゃ……でも疲れた。まあ、考えるよりこの世界に私が慣れた方が早いよね。魔法のことも知ることができたし）

その時ベッドのヘッドボードにとまった小鳥の鳴き声が聞こえた。この小鳥は片時も奈緒のそばを離れようとしない。

だから、食事は奈緒が自分の食べる分のパンくずを分けてあげた。エヴァもトリスタンもミハエルもそんな奈緒を不思議そうに眺めていた。

「そうだ。あなたに名前をつけてあげなきゃね」

小鳥は愛らしい声で、ピーッと鳴く。

「じゃあ、あなたの名前はピーちゃんで決まりね。ふふ、今日から私の相棒だよ！」

ピーちゃんはちょこんと首をかしげる。名前が安直すぎたかなとも思ったが、かわいい小鳥にはぴったりな気がした。

◇
《聖女ナオよ。われの話を聞くがよい》

奈緒が気持ちよく眠っていると語りかけてくるものがある。

「うるさいなあ、もう」

奈緒が目をこすりながら、ベッドの上に身を起こす。するとそこは、ベッド以外は真っ白な空間で、目の前には光り輝く、愛らしいピーちゃんが鎮座ましましている。

「え、ピーちゃん？　もしかしてしゃべってる？　いやいや、夢だよね」

眼鏡はかけていないのに、ピーちゃんの姿がはっきりと見える。

《いかにも夢である》

口調は尊大だが、見た目同様に声も非常に愛らしい。

「夢にまで出てきてくれてめちゃくちゃ嬉しいけど。ピーちゃん、名前が気に入らないとか？」

《ふむ、気に入っておる》

「よかった、それでどうしたの？　何か食べたいものでもあるの？」

　夢の中のせいか、すんなりピーちゃんと話ができる。

《肉が食べたいぞ！　それに野菜が足りぬ。われは草も食べたいのじゃ》

「草って、道端に生えている草じゃないよね？」

　その瞬間、ピーちゃんが「ピーッ」と鳴くと、奈緒の中にピーちゃんの情報が流れ込んできた。それはピーちゃんの好きな道端の草花だったり、肉や魚だったり、キノコだったり、驚くほど鮮やかな映像と食の情報だった。

「すっごい！　ピーちゃん、わかった。ピーちゃんの好きな草やキノコに木の実を見つけたら摘んでおくね」

　ピーちゃんが嬉しそうに一声鳴いた。

◇

　そこで奈緒は夢から目覚めた。

　ぼやけた視界に梁《はり》のある天井が映る。一瞬ここがどこだかわからなかったが、巡礼の途中であることを思い出し、奈緒は枕元にある眼鏡をかけた。

窓から斜めに朝日が差している。北の離宮の明かり取りの窓とは違い、明るい日差しと町の景色にほっとした。

「今何時頃だろう?」

ベッドに身を起こすと、ノックの音がした。

返事をすると、エヴァが水桶《みずおけ》とタオルを持って現れた。

「ありがとう、エヴァ。宿でまでそんな気を使わなくていいよ」

奈緒はエヴァがきちんと休めたのか心配になる。

「そういうわけにはまいりません。ナオ様は、この世界で旅に出るのは初めてですし、聖女は国の宝です。不埒《ふらち》な者に狙われるかもしれません」

そのわりには巡礼の旅は少人数だと思うが、奈緒にとって孤立無援だと思われた異世界で、自分の味方だと思える人がいるだけでとても心強い。

顔を洗ってさっぱりすると一階の食堂に下りていった。

するともう先にトリスタンとミハエルは席に着いていて、朝食を食べていた。混んでいる食堂なのに、トリスタンは派手で美しくて目立つし、ミハエルも白い神官服が食堂で浮いている。

奈緒は旅に出る時に地味なローブを買っておいたのは正解だと思う。

これで奈緒が聖女服など来ていたら、人目を引いてしょうがない。奈緒はしっかりとローブで聖女服を隠した。

(目立つのは、慣れてないから恥ずかしいんだよね)

そして昨日夢に出てきたピーちゃんは奈緒のローブの懐にひっそりと隠れている。

奈緒とエヴァが朝食の席に着くと、カリカリに焼いたベーコンと目玉焼きにパンにスープが運ばれてきた。異世界とはいえ、食材はなじみのあるものばかりでほっとする。

しかし、朝食にはつきもののサラダがない。奈緒はこの世界に来てまだ日も浅いが、生野菜を食べたことがなかった。

「この国の人は野菜を生で食べないのかな?」

奈緒がぽつりとこぼした言葉をトリスタンが拾う。

「以前は食べていたよ。ただ水が汚染されてしまって、食べることができなくなったんだ」

汚染と言われると、奈緒は公害を思い浮かべてしまう。

「汚染とは、瘴気による穢れのことです」

エヴァが言い添えてくれた。

「じゃあ、その穢れがなくなれば新鮮なサラダが食べられるってわけね」

この世界にもサラダがあるようなので安心した。久しぶりにしゃきしゃきのサラダが食べたいところだ。

昨夜見た夢のこともあり、奈緒は試しにちぎったベーコンを懐の中にいるピーちゃんにあげてみた。

　すると美味しそうに食べる。

「驚いたな。その小鳥、ベーコンも食べるのか？　雑食か？」

　目の前に座るトリスタンが目ざとく見つける。

「はい、昨日夢の中で肉が食べたいと言っていたので」

　奈緒が答えるとトリスタンが訝《いぶか》しそうに小首をかしげる。

「小鳥が夢に出てきてしゃべったのか？」

「ふふふ、食べたいものを教えてくれたんです」

　自然と奈緒の口元はほころんでしまう。トリスタンがしげしげと奈緒を見る。

「非常に変わった娘だな」

「トリスタン、私の名前は娘ではなく、ナオです」

　そこで奈緒はハッとする。

（トリスタンって時々口調が……。もしかしてとっても偉い人？　そういえば、私が召喚された日、水晶の間で第一王子とも話してたよね？　それとも魔法騎士って位が高いの？）

　奈緒はそんな大事なことを今さら思い出す。とにかく召喚された日は混乱していたし、記憶も曖昧になりがちだ。何より、あの日は奈緒の人生で「思い出したくない一日ワースト・スリー」に入る。はっきり覚えているのは彼の美貌と神秘的な瞳だけ。

「失礼。そうだ、ナオ、僕たちは年も近いことだし、いちいち敬語を使わなくてもいいよ」

にっこり笑ってトリスタンが言う。

「え？　そうなんですか？　トリスタンは地位が高いのではないですか？」

「なぜ、そう思う？」

「宝石をいっぱいつけているからです」

ミハエルやエヴァのトリスタンに対する態度が違うのもあるが、そのあたりは割愛した。何より、なぜ彼がそこまで派手なのか知りたい。

「ああ、これか。これはアミュレットといって魔力を高めたり、魔物から身を守ったりするものだ。僕は魔法騎士だからアクセサリー式の魔導具をいろいろと身につけているんだよ。特別に地位が高いわけじゃない。気にしないで」

そう言われると安心する。奈緒はそれでも湧いてくる疑問に蓋《ふた》をした。なんとなく、彼には近しい存在であってほしかった。

「よかった」

奈緒は肩の力を抜いた。

「じゃあ、ナオ様、私にも気軽に話しかけてください」

ミハエルがにっこり笑って提案する。

「ミハエルは私より、ずっと年上だから無理です」

奈緒はミハエルの言葉に首を振る。

「そんなあ、私はまだ二十四ですよ？」

ミハエルが情けなさそうな声を出すと皆が笑った。

和やかな雰囲気の中で、朝食を終えた。

その後、朝の混雑の緩和した食堂で、お茶を飲みながら、これからの予定をミハエルが教えてくれた。

「まずはこの巡礼の最初の町で、井戸の水を浄化します」

ミハエルに言われて、奈緒はカップに入ったお茶をまじまじと見てしまう。

「ナオ様、ここの水は煮沸して聖水も入れているので大丈夫です」

エヴァがすかさず教えてくれる。

「え？　そんなに手間をかけなきゃ飲めないの？」

その後のミハエルの説明によると聖水はただで配られているわけではなく、けっこう値の張るものらしい。奈緒が井戸の水を清めれば、聖水もいらず煮沸もせずに水を使えるとのことだ。

聖女代理としての初仕事をうまくこなせるかどうか自信はないが、ここまできたらやるしかないと、奈緒は腹をくくった。

宿には荷物番のためにエヴァが残り、奈緒はトリスタンとミハエルと共に町長の元へと向かう。

なんでも荷物番を置かないと荷物を盗まれるらしい。

（けっこう治安が悪いんだね）

奈緒は少々がっくりした。

それから、このような小さな規模の町には簡易的な神殿しかなく、町長が神官も兼ねているという。

奈緒に会った町長は、彼女を見て一瞬不安そうな表情を浮かべたが、すぐに町の中央広場にある一番大きな井戸へ案内してくれた。

道々、奈緒はミハエルに質問した。

「井戸っていっても何か所もありますよね。それを全部浄化して回るってことですか？」

「いいえ、一か所で大丈夫です。この町の井戸は同じ地下水を引いているので、どこの井戸を浄化しても同じです」

「それなら、水源に行った方が早くないですか？」

「そうなのですが、水源といっても遠いので難しいのです。最終的には一番穢れの強い場所にたどり着きますので、城に近い場所から徐々に地方へ進みながら浄化していくのがいいと思います。いきなり穢れの濃いところに行くのも大変でしょう？」

ミハエルの説明になるほどと頷くものの、奈緒は今ひとつ聖女代理としての実感が湧かない。

ほどなくして町の中央広場にある井戸に着いた。

井戸を覗き込むまでもなく、奈緒は穢れがどういうものか理解した。水が臭うのだ。それに近づいて深い井戸の底を覗くと黒い靄のようなものが見える。

（うわっ、あれが瘴気か、初めて見た！　すっごく体に悪そう……）

これを飲み水にも使っているのかと思うと恐ろしくなった。

「さあ、聖女代理様、ここで祈りを捧げてください」

いきなり町長に言われた。

奈緒は先ほどローブは脱いでおり、今は真っ白な聖女服を着ているのでかなり目立つ。

そこへ町の人々がぞろぞろと集まってきた。いずれも遠巻きではあるが……。

「おい、本当にあの眼鏡の小娘が聖女か？」

「聖女にしては貧相じゃないか」

「本当の聖女様は王都にいて、アレは代理らしい」

ひそひそと囁く声がだんだん大きくなり、奈緒の耳にも入ってくる。

「聖女ナオ様に対して、失礼な言動はつつしんでください。これから神聖な祈りの儀式が行われますので、ご静粛に」

ミハエルが前に出て町民たちを黙らせた。

奈緒はそんなミハエルの背中に感謝を込めて、ぺこりと頭を下げる。

（やっぱり、町の人たちも不安だよね。私も不安。それに祈れと言われても……）

奈緒は誰からもその方法を教わっていない。

するといまで聖女服のひだの陰に隠れていたピーちゃんがぱたぱたと躍り出て、奈緒の頭にちょこんととまり、ピーと鳴いた。

（そうだ。私、ピーちゃんを助ける時どうしたっけ？）

ピーちゃんが再び飛べるようにと願ったことを思い出した。

（水に困るなんてかわいそうだ。それでも宿の朝食はちゃんと美味しかった。だったら、私にできることは……皆が幸せな姿を想像して願えばいいんだ）

奈緒は胸の前で両手を組む。

町の人たちが安全な水を飲めるようになり、美味しい野菜がいっぱい食べられますように……そんな思いを祈りに込めて。

すると奈緒の周りに淡い光の粒が現れた。やがてそれが数を増やして光の渦となり、井戸を満たしあふれ出る。

「おお！」

周りからどよめきが起きる。

光が収まる頃、奈緒は目を開いた。

井戸を覗くと先ほどの悪臭や黒い靄は消え、何事もなかったかのように清らかな水をたたえている。

「あ、終わりました」

びっくりするほどあっけなく終わったので、奈緒は他人事《ひとごと》のように浄化の成功を告げる。

（これが……聖女の力なのね。私、とんでもない力を持ってる）

自覚した途端、奈緒の体に震えが走る。

「それでは聖女様が先に井戸水の味見をしてください」

そう言ってグラスを差し出す町長にトリスタンがあきれたように言う。

「町長殿が先に試せばいいだろう？　まさか、聖女の御業を疑っているのか？」

「なんですと？」

町長が気色ばむ。町長が奈緒の力を疑っているのは明らかだ。

（そうか、町の人たちには穢れが見えていないのね？）

「ちょっと、トリスタンやめてくださいよ。私が飲みますから」

ミハエルはトリスタンを止めると、するすると滑車につながる釣瓶《つるべ》を降ろして、綺麗な水をくみ上げた。

「ミハエル。私が飲みます。きっととっても美味しい水ですよ」

奈緒は自分が飲むために、グラスに水をくむ。

飲もうとした瞬間、トリスタンが奈緒からグラスを取り上げて一気に飲み干した。

「ええ！　ちょっとトリスタン、なんで？」

奈緒が叫ぶ。

しかし、トリスタンはというと……。

「この水、ありえないぐらいうまい。ナオはすごい聖女なんだな」

トリスタンが目を見開いて、驚いたような顔でつぶやく。トリスタンの綺麗な瞳の色が輝いて、奈緒に向かってふわりと微笑む。奈緒を見つめるその温かい眼差しにドキリとした。

しんとした広場にその声は意外に響いたようで、どよめきが起こり町の人たちが一斉に井戸に押し寄せてきた。

先ほどまでの奈緒に対する不信感など嘘のように、皆が奪い合って井戸の水を飲んでいる。

奈緒はトリスタンに腕をつかまれて、井戸の前から移動させられた。

もう少しで町の人々にもみくちゃにされるところだった。

美玲は聖女服を着ていれば少しは敬われると言っていたが、そんなことは全くなく、思いっきり疑われていた。

「こんな感じの始まりだが、巡礼は続けられそうか？」

トリスタンが苦笑する。

「まあ、なんとか。次にこの町を通る時は、生野菜が食べられるようになっているといいなあ」

奈緒の頭にはしゃきしゃきのよく冷えたレタスとキュウリが浮かんでいた。

それに卵とトマトの櫛形《くしがた》切りを添えてドレッシングをかければ美味しいサラダのできあがり

だ。

（でも採れたての野菜なら、塩だけでも美味しいかも！）

そんなことを想像していると、奈緒の顔は自然ににやけてくる。

「ナオは、なんというか、聖女ミレイとは真逆の性格をしているな」

「姉を知っているの？」

奈緒は驚いてトリスタンを見た。

「有名人だからね。僕はナオが召喚された日に王都に着いたけれど、その時彼女の言動は目の当たりにした」

（ということはトリスタンが水晶の間に現れたあの日に王都へ？）

奈緒はドキリとした。

「えっと、トリスタンって、水晶の間にいたよね？」

トリスタンは驚いた顔をする。

「ナオと一瞬目が合った気がしたけど、もしかして覚えてたのか？」

「うん、トリスタンみたいな綺麗な人初めて見たから驚いた」

奈緒の言葉にトリスタンは笑った。

「僕の印象ってそんな感じなんだ」

「第一印象はね。今は気さくで明るい人って思ってる」

奈緒は美玲の印象をトリスタンに聞こうと思ったが、ためらいを覚えていた。

子供の頃から周りの人が美玲を称賛するのを聞いて育った。皆が美玲を信頼し、奈緒の言うことは信じてもらえない。

「ピッ。ピッ！」

突然、ピーちゃんが奈緒の周りをぱたぱたと飛び回る。まるで、応援してくれているようだ。

（しっかりしなくちゃ。すごい力を譲渡してもらったわけだし。聖女代理として頑張《がんば》ろう！）

奈緒は軽く両手で頬を叩く。

「せっかく気合を入れているところ悪いけど、宿屋に戻って少し休もうか」

爽やかな笑みを浮かべてトリスタンが言う。

「え？　ミハエルは？」

人混みにまぎれてしまい、中肉中背の彼の姿はすっかり見えなくなってしまった。

「大丈夫だ。ミハエルは、ああいうのには慣れている。大神殿でも護符を買いに来る人々を上手にさばいていた。そのうち宿に戻ってくるだろう」

結果、井戸水の浄化は大成功だった。瞬く間に聖女ナオの噂《うわさ》が町に広まっていく。

その日、宿屋の夕食は驚くほど豪華になった。

「うちのおごりだから、しっかり食べてくださいね！　聖女様」

そう言って貫禄のある宿屋の女将が、がははと笑う。

いくら奈緒が聖女代理だといっても誰も耳を貸してくれない。

テーブルには鴨肉に鹿肉、魚、パンにたっぷりのバターにジャムが次々と運ばれてくる。

「うわっ、すっごく美味しそう」

奈緒は「いただきます」と言って手を合わせると、早速肉をフォークで刺し、口へと運ぶ。

「いやあ、びっくりしたね。聖女様っていうのは本当にすごいお力を持っているんだね。その黒縁眼鏡もいかしてますよ！」

隣のテーブルに座る見知らぬおじさんが、ビール片手に気軽に話しかけてくる。

「よかったです。喜んでもらえて」

奈緒は美味しい肉をもぐもぐと噛みしめながら幸せな気分にひたった。

こんなに褒められて人に感謝されるのは初めてだ。もちろん、懐に隠したピーちゃんにもおすそ分けする。

「異世界の聖女様、好きなだけ食べてください。これから国中回ってくださるんですよね。ありがたいことです」

食堂の料理人がわざわざ厨房《ちゅうぼう》から出てきて、奈緒を拝み倒している。

「いや、あの、そんな大袈裟な」

「ナオ、謙遜するな。お前は偉大なことを成し遂げたんだ。堂々としていればいい」

トリスタンが綺麗な口元をほころばせた。

彼は二次元からできたような美貌で、なんなら奈緒よりもずっとトリスタンの方が注目を浴びている。老若男女問わず、彼に見とれる人は多い。

そこで奈緒は思ってしまう。

（トリスタンがいたら、より目立って強盗に狙われやすいのでは？）

そんな懸念をいだきながら、奈緒はトリスタンをじっと見る。

「どうかした、ナオ？　なんでそんなに僕を見ているんだい？」

トリスタンはちょっと引いた様子だ。

「トリスタンは目立つから、絡まれたりしないのかなと思って」

「ははは、大丈夫だよ。僕の剣の柄に刻まれているこの文様は上級の魔法騎士が使うものなんだ。僕は強いから、おいそれと襲われたりしないよ」

トリスタンが余裕の笑みを浮かべる。そんな彼にはどことなく品があった。

「それはトリスタンがものすごく強いということ？」

「そうだよ。安心してくれ」

トリスタンの言葉を受けて、ミハエルもエヴァも太鼓判を押した。

「どうして、そんな強い人が、私の巡礼についてきてくれるの？」

トリスタンは顔もよければ、人当たりもいい、美玲がそばに置きたがりそうなタイプだ。実際、美玲の男友達はイケメンでおしゃれな人ばかりだった。

（『類は友を呼ぶ』って言うし。陽キャ同士で気が合いそうだな）

「少数精鋭ってことだよ。ミハエルは魔法と棒術が得意だし、エヴァも魔法とメイスが使える」

「皆、すごいね」

奈緒は改めて驚かされた。

「そりゃあ、聖女様を守るためですから。それに人数が少ない方が巡礼の旅を早く終えられます」

ミハエルがしたり顔で答える。

そういうことならば納得だ。

「それで、ナオ、この町にしばらく滞在して疲れをとるかい？」

奈緒はトリスタンの問いに首を横に振る。

「次の目的地に急ぎましょう。またここから離れているんですよね？」

奈緒はミハエルに聞いた。早く巡礼の旅を終わらせて、元の世界に帰らなければならない。少なくとも美玲だけでも帰さねば母が壊れてしまう。

「はい、ちょっと大きな森を徒歩で抜けるので野宿になるかもしれません。道も舗装されていないうえに魔物が出るから馬が使えないので馬車が入れないんですよ」

ミハエルが心配そうな表情で奈緒を見る。

「え？　野宿ですか！」

野宿と聞いて奈緒は目を輝かせた。まるでキャンプみたいだ。

「私、野宿ってしたことないんですよね。楽しみです」

奈緒の発言に、一同がびっくりしている。

「ナオは変わっているな」

「初めての体験ってワクワクする」

奈緒は嬉しそうに言って、一口大に切り分けた鹿肉を食べた。

（ジビエって、美味しい！　でももっとパンチのある味付けでもよさそう）

そこでふと思い出す。

「そういえば、この世界に召喚される時に持ってきたカレーって、どこいったのかな？」

この世界の料理は塩コショウと香草の味付けが中心でシンプル。それなりに美味しいが、ソースをかけるとか、醬油《しょうゆ》やケチャップをつけるとかという概念がないようだ。

そうなると奈緒はがぜんカレーが食べたくなる。

「ナオ様、それは茶色い食べ物のような絵が描いてある黄色い箱に入ったものですか？　異世界の文字で私には読めませんが」

「そう、それ！」

「城の厨房にあったので持ってきました。皆使い方がわからなかったようです」

「本当！　やった！　エヴァありがとう！」

久しぶりにカレーが食べられると思うと、奈緒は嬉しくてたまらなかった。


巡礼一行は翌朝早くに宿を後にした。

早い時間にもかかわらず、町長が来て奈緒に頭を下げる。

昨日とは打って変わって、丁重な扱いだ。

午前中はひたすら田舎道を歩き、昼には森に入り木陰を見つけて干し肉とパンの簡単な昼食を食べた。


その後、再び森を深くまで進んでいく、トリスタンを先頭に奈緒、エヴァ、ミハエルと続く。

徐々に体が重くなってきて、視界に黒い靄が映る。

「ナオ様、大丈夫ですか？」

「うん、平気、これが瘴気ね」

などと話していると、葉擦れの音が聞こえてきた。

やがてその音は大きくなり、目の前に化け物が現れた。

「うわっ！　何あれ？　嘘だ！　巨大キノコから手と足がニョッキと出てる！　しかも私より大きい！」

奈緒はびっくりして叫び、腰が抜けそうになった。

「ナオ！　逃げろ！」

トリスタンが剣を抜いて叫ぶ。

奈緒は這《ほ》う這《ほ》うの体《てい》で逃げ出した。

（やだ！　キノコが追いかけてくるよ。牙まで生えてる！）

奈緒は全速力で走った。現実でなければ、笑ってしまうくらい滑稽な状況だが、あまりの怖さとわけのわからなさに奈緒はパニックに陥った。

奈緒が逃げ回る間も化けキノコは増えていき、ミハエルは棒でつつき回し、エヴァは小ぶりのメイスでぼこぼこにしていた。

「エヴァ、強い。どうしよう。私にできることは？」

初めて遭遇した意表を突く姿の魔物に、奈緒は気持ちばかりが焦り考えがまとまらない。

最初は前方から湧いて出たキノコの化け物だが、四方八方から現れるようになった。

奈緒はキノコに追いかけられてとうとう足がもつれて転んだ。

キノコの牙が迫ってきたその時、トリスタンが来てキノコをスパッと輪切りにした。

「切れ味、すごっ！」

思わずそんな声を漏らす。断面を見るとエリンギみたいだ。奈緒はそんなどうでもいい感想をいだく。

「ナオ、余裕はないだろうけど、祈りを捧げてほしいのだが、できそうかい？」

そう言ってトリスタンが奈緒の腕をつかみ、助け起こした。

彼は息ひとつ乱していないどころか、微笑みすら浮かべている。まだ余裕がありそうだ。そう思いながら奈緒は辺りを見回し、気づいた。

エヴァがいつの間にか奈緒の視界から消えている。

（エヴァに何かあったら、どうしよう！）

一気に不安が押し寄せてきた。

「エヴァ！」

ピーちゃんが奈緒の耳元で鋭く鳴いた。

その瞬間、奈緒の気持ちはすっと静まって、ごく自然に胸の前で両手を組むと、一心に皆の無事を祈った。

奈緒を中心に輝く光の渦が広がっていく。彼女の足元に六芒星《ろくぼうせい》の魔方陣が出現した。

しかし、今の奈緒は感情がマヒして驚きもしなかった。

（私に聖女の力があるというのなら、どうかこの瘴気を鎮めて！　エヴァを、皆を助けて！）

「ナオ様！」

エヴァの呼びかけにうっすらと目を覚ます。

「よかった。エヴァ無事だったのね」

奈緒はガバリと体を起こした。するとめまいがしてふらついた。

「ナオ様、もうしばらく安静になさってください。一気に聖女の力を解放したので、お疲れになったのでしょう」

エヴァが泣きそうな顔をしている。

「そんなことよりエヴァ、怪我はない？」

奈緒も泣きそうだ。エヴァは奈緒に仕えていると言っているが、奈緒にとってエヴァは異世界でできた初めての友人だ。

「はい、ナオ様が癒やしてくださいました」

「え？　そんな覚えないいんだけれど」

奈緒の顔に特大の疑問符が浮かぶ。

「私の怪我も治しましたよ」

ひょっこりミハエルが顔を出す。

辺りを見回してみれば、奈緒は少し開けた場所にいて。皆で焚《た》き火《び》を囲む形になっている。

トリスタンが小枝をくべて火の調節をしていた。

焚き火の上には鍋がかかっていて、いい匂いが漂っている。

「もしかしてキャンプをしているの！」

奈緒は目を見開いた。

「きゃんぷ?ですか?」

エヴァが怪訝《けげん》そうな顔をするので、奈緒はキャンプについてひとしきり熱く語った。

改めて奈緒が辺りを見回すと、一か所に美味しそうなキノコが大量に積み上げられているのが目に入る。

「キノコがこんなにたくさん！　もしかして誰かとってきたの?」

野生のキノコを見て、奈緒が目を輝かせて皆の顔に視線を巡らすと、しんと沈黙が落ちた。

トリスタンがおもむろに口を開く。

「それはさっきの魔物になって暴れていたキノコだよ」

「ええ！」

奈緒は衝撃を受けた。どう見てもただのキノコだ。

「ちっちゃくなってる……」

（エリンギみたい！）

「ナオのおかげで、瘴気による穢れが祓われ元の姿になったんだ」

「それって、キノコが魔物化するってこと?」

トリスタンの言葉に奈緒はこぼれんばかりに目を見開いた。

「わりとキノコは魔物化しやすいよ。おかげでキノコが嫌いになりそうだ」

トリスタンが苦笑する。

「でも、これって食べられるキノコだよね」

奈緒はエヴァに視線を移す。

「はい、市場などで普通に売っているキノコもあるとは思いますが、魔物になりやすいのは毒キノコが主になっているので、素人では選別は難しいかと思います」

エヴァが答えつつも不思議そうな顔で奈緒を見る。

「私、わかるよ。食べられるキノコ」

奈緒はキノコが積み上げられているところまで駆け寄った。慌ててエヴァが奈緒に続く。

「ええと、これはオッケーで、これはダメ。こっちは……」

手早くキノコを選別すると奈緒がキノコを十本ほど抱える。

「あの、ナオ様、そのキノコをどうするおつもりで？」

エヴァが聞いてくる。

「もちろん食べるの。焼いたら美味しいと思うんだよね」

ピーちゃんが嬉しそうに鳴いて、奈緒の周りで羽をばたつかせる。

ということは恐らくピーちゃんの好物だ。

「え。嘘でしょ？　そのキノコ食べるんですか？」

ミハエルは完全に引いている。

「うん、今からチャチャッと洗うね」

奈緒は嬉しそうに近くに流れる小川に向かう。

エヴァは慌てて奈緒の後についてきて、キノコを洗うのを手伝ってくれる。

「あの、ナオ様、質問なのですが」

「なに？」

「なぜ、このキノコは食べられるとわかったのでしょう」

「ああ、これ？　言っても誰にも信じてもらえないんだけど、私食べられるものか、そうでないかがわかるの。でも道に生えてる草とか実とかキノコを持って帰っても、家族に怒られて捨てさせられちゃって、ははは」

「それは……何かの特殊能力では？」

「まさか、役に立った試しがないもん」

洗い終わったキノコは串を刺して火のそばであぶる。

「ナオ、僕もひとつ食べてみてもいいか？」

トリスタンが真剣な表情で聞いてくる。

彼は先ほどまでキノコが嫌いになりそうだと言っていたのにどうしたのだろうと、奈緒は首をかしげる。

「トリスタン、毒見でしたら私がやります！」

ミハエルの言葉で、今がどういう状況か奈緒は理解した。

「大丈夫です。選んできたのは私なので、毒見ならば私がやります」

奈緒は慌てて名乗り出た。

そしてちょうどいい色に焼けたひとつを奈緒が食べようとすると、トリスタンに奪われた。

「え？　ちょっと！」

奈緒は驚いてトリスタンを見るが、彼はすでに一口食べた後だった。

「……キノコだ。普通のキノコ」

奈緒は焚き火であぶっていた一本のキノコに塩を振りかけ、口にする。

「うん、普通のキノコだね」

トリスタンや奈緒に続きエヴァもミハエルもキノコを口にする。

結果、保存食にすることが決まった。

スープとキノコだけの簡単な食事が済むと、奈緒がキノコを選別して、それをほかの三人が洗って、魔法で乾かし、保存のきく魔導具に詰める。

奈緒はそれを横目に見て小さくつぶやく。

「いいなあ、私も魔法が使えたらな」

それに応えるようにピーちゃんがピーッと鳴いた。

◇

《ナオ》
「ん、なに？　そのかわいい声はピーちゃん？」
奈緒が目を開けて身を起こすと、白い空間にいた。ピーちゃんが奈緒の目の前にふわふわと漂っている。これは夢だと奈緒は気づく。何か伝えたいことがあるのだろう。
《そうだ。われだ。今晩のキノコは初めて食したが、うまかったぞ》
「よかった。ピーちゃんに気に入ってもらえて」
《うむ。お礼に温泉の湧いている場所を教えてやろう》
「え？　温泉！　嬉しい、ちょうど入りたかったんだ！」
すると以前のように頭の中に直接ピーちゃんの持つ情報が流れてくる。

◇

その瞬間、奈緒はぱちりと目を開けると、顔の右横に置いてある眼鏡をかける。またしてもピーちゃんの夢だった。奈緒はあれこれ考えながら寝袋を出た。

辺りは明るい朝の日差しに包まれていた。昨日とは違い、空気は澄んでいて心地よい。奈緒は思いっきり森の空気を吸い込んだ。

「おはよう、ナオ」

火の番をしていたトリスタンに声をかけられる。

「おはよう……。もしかして、トリスタンがずっと火の番をしていたの？」

「いいや、交替でしてたよ」

「どうして私に番が回ってこなかったの？」

奈緒が抗議の色を滲《にじ》ませて言う。

「ナオは聖女だから体調が常に万全じゃないと困るんだ。それに昨日は大きな力を使ったばかりだろう」

二人が話している間にも、ガサゴソと音がしてエヴァとミハエルが起き出してくる。

皆で干し肉に、あぶりキノコ、チーズの簡単な朝食を終えた。

ミハエルが水魔法を使って火の始末している時に、奈緒は尋ねてみることにした。

「ねえ、この先に温泉があるの、ちょっと入ってきていいかな？　エヴァも一緒にどう？」

「え？　は？　温泉？　なぜ、ナオ様がご存じで」

エヴァがびっくりしている。

「確かに以前ここら辺に温泉がありましたが、もう何年も前に枯れたと聞きました」

改めて巻物状の地図を開いて、ミハエルが調べてくれている。

「ピーちゃんが教えてくれたの。ここからあまり離れていないから行ってきていい？」

奈緒の初めてのわがままだ。なにせ巡礼の旅が始まってから、体を拭くだけで髪も洗っていない。昨日のお化けキノコ騒ぎで汗もかいたし、髪もごわごわだ。

「いいよ。ナオがそう言うなら、行ってみよう」

トリスタンが気軽に応じる。

「それもそうですね」

意外にあっさりとミハエルは納得して、温泉に寄り道をすることになった。もちろん一番嬉しそうなのはエヴァだった。

(同い年くらいの同性がいるとありがたいな)

先頭は奈緒で、今日はすぐ隣にトリスタンがいる。

奈緒は途中、木の根につまずいて転びそうになり、トリスタンに支えられた。

「……んん？　ありがとう、トリスタン」

そう言ってずれた眼鏡を直し、トリスタンの顔を見上げるが、なぜか綺麗な彼の顔がぼやけて見える。

辺りを見回すと、やはりぼんやりとしか見えなくて、ピントが合わない。

「ナオ、どうかしたのか？　君は本当によくつまずくな」

「それが、最近眼鏡の度が合わなくて見えづらいんだよね」

ここ最近そういうことが増えて、奈緒は不安を感じる。

「ならば、外してしまえばいい」

「はは、外しちゃったら、何も見えないよ」

奈緒が言う間にも、トリスタンがひょいと奈緒の眼鏡を取る。

「あれ、意外にナオって眼鏡がない方が……」

「嘘でしょ！　見える！　眼鏡なしの方が森の中がはっきりと見える」

トリスタンが何か言いかけたが、奈緒はそれどころではなかった。

奈緒は感動の面持ちで辺りを見回した。

「すごい……！　肉眼でこんなに見えるのは何年ぶりだろう！」

「やっぱりな」

隣からトリスタンの冷静な声が聞こえる。

「ん？　やっぱりって何が？　どういうこと？」

「ナオ様、それは聖女の自浄作用です。昨日ナオ様は大きな力を使われました。それこそ、この大きな森の穢れが祓われて、我々の傷が治るほどの。その時ご自分の視力も治されたのでしょう」

ミハエルの説明に、奈緒はびっくりして口をあんぐりと開けた。

「そうなんだ。聖女って……すごいんだね」

とんでもない力に奈緒は戦慄《せんりつ》する。自分にうまく使いこなせるのか心配だ。

「ナオ様、黒縁の眼鏡も素敵ですけど、眼鏡がないと、よりお綺麗だと私は思います！」

奈緒はエヴァの言葉に真っ赤になった。

「な、何言ってるの！　でも……初めて言われたからちょっと嬉しいかも」

奈緒が照れ笑いを浮かべると、エヴァが微笑んだ。

「さ、ナオ様、温泉に向かいましょう！」

「そうだね。エヴァ、一緒に入ろう！」

「え、でも私はナオ様のお世話を」

エヴァがもじもじとする。

「いいって、ほら、あそこに温泉が見えてきたよ！」

その後、一同は女子組と男子組に分かれて温泉を堪能したのだった。

第五話　本物じゃない方の聖女

森の中を一泊二日かけて抜けた先に町があった。

ミハエルによるとこの国では中規模の町だという。

そのおかげで、宿屋は何軒かあり、適度に安く清潔なところに決めた。

「まあ、野宿よりはましだろう。今日は天気も崩れそうだし」

トリスタンが曇天を見上げて言う。


町長に聖女の巡礼だと告げると不審そうな顔をされ、まずは神殿に行くように言われた。

前回と同じく、ミハエルとトリスタンが同行し、エヴァは宿で荷物番だ。町長に神殿に案内されたのはいいが、そこの礼拝堂で神官長からおかしな話を聞く。

「いやあ、王都の本物の聖女様はすごいですねえ」

「え？　本物？」

（確かに私は代理だけれど、なんか偽物だって言われているみたいに聞こえる）

奈緒は少し複雑な心境だった。

「はい、王都にいながらにして、王国全体を浄化できるそうです。現に昨日から、汚染されていたはずの水が飲めるようになりました。それに森の魔物もぱったりといなくなりました。すべて王都にいる本物の聖女様の御業なのでしょう」

感極まったように、神官長がそんなことを言う。

「何をおっしゃっているのです。それはすべて聖女ナオ様の力です」

ミハエルが言うのを聞いて、奈緒は驚いた。

「ミハエル、私はこの町の井戸を浄化した覚えはありません」

「昨日森で大規模な浄化をしたのはお忘れですか？　この町の水源はあの森にあります。それに魔物になってしまったキノコを浄化したではありませんか」

「ああ、あのキノコか……」

奈緒はあぶりキノコの味を思い出す。

しかし、町長も神官長も奇異な目で奈緒を見るので、少々いたたまれない気分になる。

「では神官ミハエル。王妃陛下と王太子殿下の連名でこちらの神殿に届いた通達をご覧になりますか？」

神官長が提案する。

「ええ、ぜひ」

ミハエルがやたらむきになっているように見える。奈緒はすっかり蚊帳の外だ。

奈緒は隣にいるトリスタンに小声で聞いてみた。

「ねえ、トリスタン、どうしてミハエルはあんなにむきになっているんだろう？　それと王太子殿下ってエクター殿下のことだよね？」

「ナオは気にしなくていい」

「私のひがみかもしれないけど、なんか代理というより、偽物って思われているような気がする」

トリスタンがにっこり笑う。

「なら、ナオの実力を見せつけてやればいいだろう」

神殿にはすでに怪我人や病人の列ができている。

「あのさ、トリスタン。期待してくれるのは嬉しいんだけど、私いまいち力の使い方がわかっていなくて。列ができているということは、ひとりひとり癒やすってことだよね。表現難しいんだけど力の調節というか、なんていうか……」

「ナオ、列の後ろの方に並んでいる親子を見てごらん」

トリスタンに言われて後ろに目を向けると、ぐったりした子供を抱いた母親が、悲壮な表情で奈緒を見つめている。

「やだ、あの子、大変」

奈緒はすぐにそこへ行こうとした。トリスタンがそんな奈緒の腕をつかんで止める。

「ナオ、彼らは順番に並んでいる」

「でも、やっぱり重症者から治すべきよ」

「見た目だけで、重症者かどうかわからないだろう？」

「トリスタン、私にはわかる。昔から変な子だって言われたけど、わかるの」

トリスタンは真剣な目で奈緒を見る。

「ナオ、君は昨日魔物に襲われた時、どうやって森を浄化した？」

「あの時は、エヴァの姿が見えなくなったから、彼女がとても心配で何も考えられなくて。ただ一心に皆の無事を祈った」

トリスタンが奈緒の言葉に頷いた。

「ナオは本物の聖女だ。あの子供を助けてあげたい、そう祈ってごらん。そばに行かなくてもできるはずだよ。それにここには、見た目ではわからない重症者もいるのだろう？」

奈緒の言葉と力を信じてくれるトリスタンに勇気づけられて、奈緒は頷いた。

「トリスタン。私、やってみる」

奈緒は昨日やったように両手を胸元で握り合わせる。

（どうかあの親子が救われますように）

やがて淡い光の粒が広がり、奈緒の下に六芒星の魔法陣が現れた。

神殿の中は光で満たされる。奈緒が目をうっすらと開けると淡い光が人々の体に吸い込まれていくのが見えた。

やがて光が収束する頃、皆が唖然とした表情で奈緒を注視する。

「すごい！　怪我が治っている！」

「病気もだ！　症状がなくなった、信じられない」

「聖女ミレイ様、ありがとうございます！」

一人の女性が感極まったように叫ぶと民衆にどよめきが広がり、人々が奈緒の元へ押し寄せてきた。

奈緒はびっくりして目を見開いて固まる。

（聖女ミレイ様？　どういうこと？）

奈緒は目を白黒させた。

するとトリスタンが奈緒を守るように両手を広げて前に出る。

「止まれ！　ここにおわすのはミレイ様ではなく、聖女ナオ様だ。聖女にみだりに触れてはならぬ。聖女ナオ様は今大きな神聖力を使いそなたたちを癒やした。そして祝福を与えた。よって、聖女ナオ様には休息が必要だ。速やかに神殿から去るように」

押し寄せてきた人々が一時ざわついた。

「聖女ナオ？　誰だ、それ？」

「聖女様はミレイという名ではなかった？」

「いや、でも私らを癒やしてくれたのは聖女ナオ様だよ」

「今御業を見ただろう？」

「じゃあ、聖女ミレイって何？」

そんな声が聞こえてくる。

しかし、それも束《つか》の間で、一部の人たちは不満そうにトリスタンを見たが、たいていの人は素直に従った。

彼の美しさに見とれている者も多くいる。

奈緒は感心したようにトリスタンの凛々《りり》しくも美しい横顔を見る。

（これがカリスマ性ってやつか……）

「いいなあ。トリスタンは綺麗で威厳があって」

奈緒がそんなつぶやきをこぼすと、トリスタンがびっくりしたように振り向いた。

「は？　僕が綺麗だって？」

「うん、あんまりに綺麗すぎて、初めて会った時には人間って気がしなかった。あ、ごめん、失礼な言い方だったかな。最大限に褒めているんだけど」

奈緒は困ったようにポリポリと頭をかく。するといつの間にかピーちゃんが奈緒の頭の上に移動してちょこんととまっていた。いつもはいい子にして奈緒の懐に隠れているのに、一連の騒ぎに驚いて出てきたようだ。

トリスタンはそんなことを言う奈緒をぽかんとした様子で見ている。

「いや、そんなことはないが……聖女ナオ、君はいったい何者なんだ？」

「何者って……ただの女子高生だけど？　いや、元女子高生かな？」

何者なのかと問われても奈緒としては困ってしまう。

「じょしこうせい？」

仕方がないので、女子高生が奈緒のいた世界でどんなものなのかを説明し始めた。

しかし、そんな奈緒を見てトリスタンは笑いだした。

「え？　そこ笑うとこなの？」

奈緒が眉根を寄せる。

「では、後はミハエルに任せて僕たちは行こうか」

「え？　ミハエルに任せるって？」

奈緒が首をかしげると、トリスタンが親指でくいっとミハエルを指さす。

そこで初めてミハエルが神官長と町長に強く苦情を申し立てているのに気づいた。

「今の見ましたよね！　森の浄化もすべて聖女ミレイ様ではなく、聖女ナオ様の御業です！　だいたい聖女ミレイ様は王宮から出ていないのですよ？　どうやって個別の村や町の浄化を行うのです？」

「しかし、王妃陛下と王太子殿下の連名できた通達には、聖女が巡礼できないが、民が不安にならないよう、代理を立てて地方回りをやらせている。聖女が城から力を送り、その聖女代理を通して『祝福』を与えると書いてあります」

　町の神官長が困惑顔で答える。

「ありえません。たとえ聖女でも王都ほど離れた場所からこの地の人たちに癒やしを施すことは不可能です。それゆえ、今お二人が目の当たりにしたのは、聖女ナオ様の御業なのです」

「……とはいえ、私にはこの通達を疑う余地もなく、民衆にもすべて聖女ミレイ様のお力によるものだと伝えていたのです。それに、通達には聖女代理とあるだけで、聖女ナオ様のお名前がありませんでしたので……」

　神官長が項垂れる。

「まあ、それはやむをえないとしてあなた方、今まで病気や怪我など、体のどこかに悪いところはありませんでしたか？　それが治っていませんか？」

　ミハエルの問いに神官長も町長も一瞬黙り込む。

「そういえば、私は長年の腰の痛みがなくなりました」

　神官長が答える。

「私は数年間続いた肩の痛みが消えています！　肩が軽い！」

　神官長は改めて奈緒を見る。

「あれ、偽……聖女代理様は眼鏡をおかけと聞きましたが、かけていませんね。それにそこはかとなく美しい？」

トリスタンは神官長の物言いに腹を立てたようだ。

「聖女ナオ様に失礼だ！」

怒気をはらんだぴしりとした声で言い放つ。いつもの明るく気さくなトリスタンではなく、力強く鋭い眼差しで辺りを睥睨《へいげい》する。ピンと空気が張りつめた。

この場では奈緒の次に若いはずなのに、全員畏怖の目で彼を見ている。

そんなトリスタンを見たのは初めてで、思わず奈緒は後ずさりした。奈緒の肩の上でピーちゃんも羽をパタつかせる。

（もしかしてトリスタンって怒らせたら、怖い人？）

奈緒はそんなトリスタンの袖をそっと引いて、彼の耳元で囁く。

「トリスタン、私は気にしてないから大丈夫。それよりも早く撤収しよ！　なんか面倒なことになりそう」

トリスタンは苦笑する。

「ナオがそう言うのなら」

二人は足早に神殿の入り口に向かって歩く。

神殿の外に出るとまだ町の人たちがいたので、二人は見つからないようにこっそりと逃げ出した。

「でもなんでお姉ちゃんの名前になっているんだろう。しかも王妃陛下と王太子殿下の連名だなんて。普通は国王陛下じゃないのかな？」

　奈緒はこの国の王や王妃に会ったことがない。

「今回の聖女召喚は国王陛下不在の中で起きたんだ」

「国王陛下が不在？　どういうこと？」

「東方の国々を訪れて聖女を貸してくれと頼んで回っているんだ。どの国も聖女は大切な存在だからおいそれと貸し出すとは思えないが、一縷《いちる》の望みにかけているわけだ。だから国王陛下にとっては異世界からの聖女召喚は最終手段とお考えなんだ」

「最終手段？　そういえば、召喚されてきた人が聖女じゃなかったって事例はあるの？　もしかして、それで国王陛下は、聖女召喚は最終手段とお考えなの？」

　この国に召喚された奈緒の聖女としての力は弱かった。

「聖女召喚の魔法の原理は詳しくわからない。方法だけが残っていて理屈は失われているからだ。だが、聖女以外が呼び出されたことはないから、経験則だね。ただ呼び出された聖女の中にはこの国になかなかなじめない者もいた。人道的な問題だ。だから、本来ならば、召喚された聖女はすべて手厚くもてなされることになっているんだ」

　そう話すトリスタンの表情は曇り、心苦しそうな顔で奈緒を見る。

　奈緒はドキリとした。もし元いた世界で家族に愛されて幸せに暮らしていたのだとしたら、これほど残酷なことはない。だがいろいろな意味で奈緒は違った。

（でも、もし帰る手段がないとしたら……）

最後に見た母の姿が、フラッシュバックする。奈緒は首を振ってマイナスな考えを追い払った。

するとピーちゃんが奈緒の頬を羽で撫でるようにぱたぱたしてさえずる。

それだけで奈緒の気持ちは不思議と和らいだ。

「トリスタン、私なら大丈夫。心配しないで。それで話を戻すけど、国王陛下と王太子の考え方の相違で、今回のことは王太子殿下の独断で起きたってことね？」

トリスタンは奈緒の言葉に頷く。

「この国の王妃陛下は王太子の言いなりだから、彼の意見に賛同して署名したんだろう」

王家が一枚岩ではないことに、奈緒は不安を覚える。

まだほかにも疑問はあった。

「前に聖女が二人っていう前例はないって言っていたよね」

「正確には異世界から召喚した聖女が二人ということだ。姉妹だと聖女の力を譲渡できる場合もあるから、今回はそれを見込んでの召喚なんだろうな」

だんだんと頭がこんがらがりそうになった。

今の奈緒には考えることがいっぱいだ。

その時、曇天から雨がぽつりと落ちてきた。

「わあ、とうとう雨が降ってきちゃったね。ややこしいことは今度ゆっくり整理してみる」

「その時は付き合うよ」

そう言ってトリスタンは奈緒をいたわるような笑みを見せる。奈緒の心はじんわりと温かくなった。

「ありがとう、トリスタン。頼りにしてる」

二人は微笑み合うと、宿へ向けて走り始めた。

ひと仕事やり終えて緊張が解けると、奈緒はお腹《なか》がペコペコになった。もうすぐ夕方になろうかというのに、昼食すら取っていないことに気づいた。

「はあ、お腹すいたね、トリスタン」

「そうだな。宿屋で、エヴァも待っていることだし、戻って早めの夕食にしよう」


その後、エヴァと合流したところへ、ちょうどミハエルが帰ってきたので、四人は食堂でたらふく食べた。

奈緒が聖女ということで、ちらちらと見てきたり、『聖女の御業を今ここで見せてくれ』とか、『聖女ミレイ様の偽者か？』とかいろいろと絡まれたりもしたが、ミハエルやトリスタンが追っ払ってくれたので、なんとかお腹いっぱい食べることができた。

その晩奈緒は、宿屋で一人ベッドにもぐり込むと、疲れていたはずなのに、妙に頭がさえてなかなか眠れなかった。

美玲の偽物呼ばわりされたせいで、子供の頃の嫌な記憶を思い出してしまったのだ。

◇

あれは小学二年生の頃だっただろうか。

同級生の母親と奈緒の母が買い物帰りに、立ち話をしていた時のことだ。

『美玲ちゃんはすごいわね。なんでもできて』

美玲は奈緒にとっても自慢の姉だった。

『ええ、でも奈緒は馬鹿でそのうえ、嘘つきで』

『あら、奈緒ちゃん嘘つくの？』

奈緒はしゅんとなった。

母親が奈緒を嘘つき呼ばわりするようになったのは、食べられる草やキノコがわかると言ってからだ。本当のことなのに奈緒は誰にもわかってもらえなかった。

『ほんとに困った子で』

そう言って母は近所の人に愚痴をこぼした。

その数日後、奈緒はテストで九十八点を取った。すると隣の席の男子が言った。

『うちの母ちゃんが、奈緒は馬鹿だって言ってた。そんないい点が取れるわけないじゃん！お前、カンニングしただろ！』

『そんなわけないじゃん！　してないもん』

悔しくて奈緒と隣の男子は大喧嘩《おおげんか》になった。結果先生に呼ばれて、お互いに「ごめんなさい」をすることになったが、当然奈緒は納得がいかなかった。

心の中では『私は悪くない！』と叫んでいた。

だから、せめて家に帰って『奈緒はよく頑張った』と母に褒めてほしかった。

『お母さん、私、テスト九十八点取ったよ！』

母は奈緒が渡したテストを目の前で破いた。

『情けないわね。九十八点がなんなのよ。百点じゃないじゃない。一番じゃなきゃなんの意味もないのよ。二番手以下は一番下と一緒なの、そんなこともわかんないの、この子？　あきれたわね』

ショックで悲しくてたまらなかった。

でもそんな母は、なぜか奈緒が六十点を取ってきたら、美玲の前で褒めた。

『ほら見て、美玲！　奈緒ったら、六十点も取れたのよ』

『ははは、すごいね。奈緒、もう零点の答案ランドセルに隠したりするんじゃないよ』

『ほんとよね』

母と美玲はけらけらと笑い合っていた。

でも奈緒には零点の答案をランドセルに隠した記憶はどこを探してもなかった。

◇

そんなわけのわからない過去のぐちゃぐちゃな思い出が奈緒の頭にどんどん浮かんでくる。

「もうヤダ！」

奈緒が叫んだその時、ドンドンとドアをノックする音が響いてきた。

「ナオ様！」

誰かがドアの外で叫んでいる。奈緒は目を覚ました。

「え？」

「ナオ様！　どうされました！」

泣きそうな声でエヴァが叫んでいる。

奈緒はどうやら夢の中でうなされていたようだ。慌てて飛び起きると、ドアを開ける。

「ごめん！　夢見が悪くて、寝ぼけてた。私、なんか叫んでた？」

「よかった。ナオ様」

エヴァがひしと抱きついてくる。彼女の温かい体温が伝わってくる。

その時誰かがポンと奈緒の頭に優しく手をのせた。

「ナオは、よく頑張った」

見上げるとトリスタンが微笑んでいる。

その後ろには心配そうな顔でミハエルが立っていた。

「ナオ様、すみません。ただでさえ聖女の力を使って疲れているのに、私のフォローが足りなくて、ナオ様が町の人たちから心ない言葉を受けてしまいましたね」

彼はしゅんと肩を落とす。

集まった皆の周りを、ピーちゃんがぱたぱたと飛び回っている。

奈緒の心はほかほかと温まった。

（私、この人たちが好きだ。とても大切な存在……）

「ミハエルのせいじゃありません。心配かけてごめんなさい。私は大丈夫です。ちょっと、子供の頃の嫌な夢を見ただけ」

奈緒は照れくさくて、ポリポリと頭をかいた。


翌朝早く宿を出たら、馬車の前に数人の人たちがいた。

奈緒はつい身構えてしまったが、その中には昨日の親子の姿もあって、奈緒はいたく感謝された。

「聖女ナオ様、このご恩は一生忘れません」

彼らは、いくばくかの食料を分けてくれた。

(お姉ちゃんから譲渡された力だけれど、役に立ててよかった)

◇◇◇

奈緒が巡礼の旅をしているその頃、王都では――。

大神殿での美玲の朝の祈りは次第におざなりになっていた。

それと同時に大神殿での民に対する聖女の施しもさぼりがちになっている。

最初は周りから持ち上げられ、感謝されて一生懸命にやっていたけれど、だんだんバカバカしくなってきたのだ。いくら持ち上げられたとしても、ただで利用されていることに変わりはない。

大神殿には金が入ってくるというのに、美玲には一銭の得にもならないのだ。

巡礼の旅さえなくなれば、毎朝祈るだけなので楽になると思っていた。それなのに、今や朝の祈りは週三回程度で、大神殿での慈善活動は王太子エクターが来る時の週一回だけしている。

後の時間は、聖女の力を使って疲れたと言って休ませてもらっているが、実際は王宮にある資産で贅沢三昧《ぜいたくざんまい》に暮らしている。

ドレスや宝飾品をエクターにねだって買ってもらったり、彼とお茶を飲み、料理やお菓子を楽しんだりしていた。エクターはいつも美玲を褒め、お姫様のように扱ってくれるので、一緒にいて楽しい相手だ。

この国の特権階級の貴族からお茶の席に呼ばれ、エクターにエスコートされていくと、皆に傅《かしず》かれ崇《あが》められる。こんな気分のいいことはない。

奈緒一行が巡礼に出た直後に、早速貴族の令息を集めて夜会や茶会を開いた。

この世界に来た途端、聖女と持ち上げられ無条件で民に崇拝されている。こんな美味しい話はない。

ドレスも宝石も望むものはなんでも与えられた。護衛騎士すら自分で選べた。だから好みのタイプのイケメンで固めた。ただ一人、思い通りにならない人物もいたが……。

（元の世界に戻るなんて、ありえないわ。巡礼の旅が終わったら、奈緒だけ帰ってもらおう）

美玲は自室で手触りのよい絹のデイドレスを着て、最高級のお茶を飲みながら考えた。

美玲は子供の時からなんでもできた。

特に小学校時代は彼女の黄金期で、すべてにおいて一番だった。クラスの生徒全員を掌握していて、教師に一目置かれていた。

しかし、中学に入学すると徐々に雲行きが怪しくなってくる。

高校、大学と進学していくうちに、自分より綺麗な子や頭のいい子がたくさんいると知った。そして皆思い通りにならないばかりか、時には美玲と対立する者も出てきた。

そんな時美玲は、こちらの世界で『異能』と呼ばれている力、つまり持ち前の祝福を使って彼女を妄信してくれる強力な味方をつくり、彼らを利用して徹底的に敵をつぶした。

だが、成長していくうちに、だんだんと自分の力にも限界を感じ始めた。

そんななかで、一気に大人数を味方につけるのは無理だと気づいたのだ。美玲は、まず相手に好かれることが重要だと思った。他人から好感を持たれることが、美玲の力を発揮する鍵となる。

だから美玲は己の第一印象を磨きに磨いた。髪の手入れも肌の手入れも怠らない。父も母も美玲の言うことなら、なんでも聞いてくれて、なんでも買ってくれた。

美玲の力を使えば、奈緒がどうしようもなく無駄なことに金を使ったことになる。

何も知らない奈緒は公立学校に通い、バイトをして学用品を買っているにもかかわらず、家族から『金食い虫』と呼ばれていた。

今思い出しても笑えてくる。優しいは馬鹿の同義語なのだ。

奈緒は十七歳にもなってまだそのことがわかっていない。それともいい人間に見られたいのだろうか。家族に気に入られたくて、好かれたくて奈緒は子供の頃から必死なのだ。感謝のひとつもされてないのに、家の手伝いをよくしていた。高校の制服を着たまま生ごみを捨てに行く奈緒を見ると笑ってしまう。

（奈緒はあわれで滑稽だ）

幼い頃の奈緒は天使のようにかわいかった。

つまり馬鹿ほど生意気なことを言わないから、かわいいのだ。近所の人にも親戚にも、行く先々でかわいがられた。美玲にはそれが腹立たしくてたまらなかった。母親もその点は一緒で『あの子はあざとくて、要領がいいのよ』と言って奈緒を嫌っていた。

そんなある日、奈緒がキノコや草を摘んできて、『これ全部食べられるんだよ！　奈緒にはわかるんだ！』と目を輝かせて言った。

美玲は両親に告げ口した。

『奈緒の拾ってきたもの、全部毒が入っているって図鑑に書いてあったよ。あの子ちょっとおかしいよ。嘘つきなんじゃない？』

奈緒はしこたま両親から怒られた。

その日から奈緒はめでたく〝嘘つき〟になった。

あっちの世界での過去を振り返ると、美玲もそれなりに大変な思いをしてきた。どれだけ努力を重ねたことか。

でも、この国では違う。

美玲だけが唯一無二の特別な聖女で、そんな努力は必要としない。

もし妹が巡礼の旅から帰ったら、譲渡した力を取り返せばいい。ただそれだけのことだ。

美玲はにっこりと笑うと、エクターが待っているサロンへとメイドを引き連れて歩く。

煌びやかで豪華なサロンに入れば、エクターがソファから立ち上がり、待ちわびたように美玲を迎えてくれる。

ここでお茶の時間を過ごすのは彼らの日課となっていた。

「そういえば、ミレイが元の世界に帰りたいと言っていたと聞いたのだが本当か？」

心配そうな表情でエクターが聞いてくる。

「ああそれね。妹が帰りたがっているから、イアーゴに方法があるかどうか聞いてみたわ。魔法陣から帰還した聖女も過去にはいたらしいけれど……本当に帰還したかどうかの証拠はないって。だから、異世界から来た聖女たちはほとんどがこの国に住み着いたそうよ」

「そうだよ。たいていは王族と婚姻してね」

「ふふふ」

「国王陛下と大神殿の大神官ハラルが東方の国から戻り次第、婚約の許可をもらおう。それまでに巡礼の旅が終わっているといいのだが……」

エクターはそれが気がかりのようだ。彼は美玲の最大の味方で、奈緒を嫌っている。

美玲はそれが愉快でたまらない。

巡礼が何事もなく無事に終わったら、奈緒一人を魔法陣に送ればいい。

(あの子、馬鹿だから私が後から行くと言えば、あっさり納得するでしょうね)

「しかし、聖女ミレイの力を譲渡されたとはいえしょせんは力の弱い聖女。無事に旅を終えられるのか？」

エクターが心配している様子に、美玲は内心穏やかではなかった。

「大丈夫、いざとなったら、私の力で王都は守るわ」

苛立《いらだ》ちを隠し、にっこりと微笑む。

「王都だけ守っても国が滅びたら仕方ないだろ。それにミレイの力はあの小娘に譲渡しているのではないか？」

「全部の力を渡しているわけじゃないわ。そんなことをしたら王都を守れないってエクターだってわかっているでしょ？」

「だから王都だけではなくっ……まあいい。それで？　どれくらい譲渡したのだ？」

「せいぜい半分くらいかしら？」

嘘だ。本当は五分の一にも満たない。

美玲はなにひとつとして奈緒に手柄を渡したくはなかった。

「なんだと？　それでは巡礼は失敗に終わる！」

慌てたエクターを見て、美玲は軽く肩をすくめる。

「そう言われても、あの子、譲渡の途中で気絶しちゃったじゃない。では、エクターは王都の守りが手薄になってもいいというの？」

「まさか！　王都の守りは万全でなくてはならない」

「でしょ、妹が失敗したら、姉の私が尻拭いをしたらいい。それに、魔物だらけの国なんていったいどこの国が、侵略するっていうの？」

「確かに……」

「心配しないで、あの子が失敗したら私が巡礼するわ」

「今まで聖女が巡礼に失敗したことはない。途中で命を落とした者もいたが、きちんとやりとげてきた。ミレイの妹とはいえ、どうもあの小娘は聖女らしくなくて不安だ」

「そのために強い魔法騎士をつけたんじゃないの。それより、しっかり巡礼を終えて帰ってきた場合の方が心配。聖女が二人になる」

美玲の言葉にエクターはかぶりを振る。

「いや、あの小娘はあくまでも聖女代理。偽物だと言って追い出せばいい」

「ふふふ、そうねえ。多くの場合あの子は私の代用品にすらなれない。元の世界でもいらないって言われてたから」

楽しそうに美玲が笑うと、エクターが頭を抱えた。

「ますます不安だ。そんな娘で聖女代理が務まるのか？」

「だから、私がいるから大丈夫。でも……もしもの時のために保険をかけておきましょう」

　エクターが怪訝そうな表情をする。

「何のことだ？」

「だって、あの子が聖地巡礼に成功してしまえば、あの子とあの〝顔だけ〟綺麗な魔法騎士の名前が王国中に轟《とどろ》くことになる。エクターだって、ミハエルや下級貴族のメイドがたたえられるなんて嫌でしょ？　そういうことのないように先に各地の神殿に通達しておくのよ」

　美玲が怪しい笑みを浮かべる。

「トリスタンか……、気に入らん。なんだってあいつは巡礼についてくなんて言いだしたんだ。あいつは顔がいい、あんな地味な小娘簡単に丸め込まれてしまうだろう。いいように利用されるかもしれん」

「かわいそうな、奈緒。そうだとしても本気で相手にはされないでしょうね。とりあえず、各地の神殿に通達を出してほしいの。あの子はあくまでも形だけの代理で、すべての祝福は王都ルティエから私が与えていると」

「大丈夫なのか、そんなことをして。巡礼の効果がなければ面倒なことになる」

　エクターが神経質そうにこめかみをもむ。

「それこそ私の出番じゃない。私が腹をくくって巡礼する」

「ならば、なぜ妹を召喚したんだ？」

美玲は艶やかな笑みを浮かべる。

「人はどうやって、優秀な人間と劣った人間を判断する？」

「なるほど妹はミレイの引き立て役ってわけか。だが、トリスタンはそこまで簡単じゃない。私の手柄を半分横取りするかもしれない」

エクターは忌々しそうに言う。美玲は合点がいったように笑った。

「どうしてトリスタンが私ではなく、奈緒を選んだのか不思議だったけど、そういうこと？トリスタンって綺麗な顔して野心家なのね。まあ国王陛下と大神官が東方の国から聖女を借りて帰ってくる前に事を終えればいいだけじゃない。私が全部エクターのおかげだって口添えする。それにトリスタンは市井育ちだって言っていたわよね。王宮の政治のことはよくわからないんでしょ？」

「もちろんだ。なんにせよ。父上とハラル殿が東方へ行っている間に決着をつけねばな」

「エクターもすごいのね。二十四歳で国の留守を任されるなんて」

美玲の言葉に「クックック」とエクターが笑いだす。

「なに？　どうかした」

「本当は、あいつと二人で国を任されたんだ。認めたくないが、今のところ魔法騎士の中で一番腕がいいのは確かだからな」

「あいつって、王妃陛下ではなくて、まさかトリスタンのこと？」

美玲は眉根を寄せる。

「ああ、そうさ。だけど、私は北の領地にいるあいつに知らせなかった」

「そうだったの。だから、私がこの国に来た時会えなかったんだ」

美玲は苛立ちを覚える。最初からトリスタンがいれば、彼とも仲良くなれたはずなのに……。

（まあいい。奈緒が帰ってきた時に、トリスタンをこちら側に取り込めば。野心が強いのならば、馬鹿な奈緒より、私につくはずだ）

美玲は類いまれなる美貌を持つトリスタンが欲しくてたまらなかった。

特に彼が奈緒の巡礼についていってしまってからは、なおさらだ。

第六話　巡礼の旅とカレー

王都を発ってから早一か月が過ぎた。奈緒たちの巡礼の旅は続いた。山あり谷ありの地形を移動しているので、ほとんど徒歩で馬車を利用できるのはまれである。

今は森を抜けるところだ。奈緒は足がもつれて転んだ。

「いったあ」

「ナオ様、大丈夫ですか？」

エヴァが慌てて駆け寄ってくる。

「君、疲れているんじゃないのか？　ちょっと休もう」

奈緒はトリスタンに手を取られて立ち上がる。

「なんかごめん。私が足手まといになっちゃってる」

「何を言っているんだ、ナオ。僕たちは君の巡礼に付き従っているんだよ」

トリスタンのまばゆいばかりの笑顔と心遣いに癒やされた。どんなに相手を思いやり心配していても、その時々で適切な言葉をかけるのは難しい。トリスタンはそれがさらりとできてしまうからすごいと、奈緒はひそかに彼を尊敬している。

その時奈緒のお腹がぐうっと鳴り、思わず赤くなる。

「やだ、恥ずかしい」

「とりあえずお腹もすいたことですし、そろそろ食事の時間にしましょうか？」

「ミハエル、今日中に森を抜けなくてもいいんですか？」

ミハエルの気遣いは嬉しいが、巡礼が遅れると瘴気が濃くなっていくというので、気が気ではない。

「ナオ、巡礼なんて急ぐ旅でもない。休息を取りながら進もう。ましてや君はあまり長距離を歩くことに慣れていないようだし」

トリスタンは奈緒をよく見ている。

「ははは、確かに。こんなに大きな森は初めて。私が住んでいた場所はアスファルトとかで道が固められていたから、木の根っこが道に出ているなんてなかったな」

ほかの三人は奈緒のアスファルトという言葉に首をかしげていたので説明した。

それにしても、改めてここの自然の豊かさに驚かされる。

だからといって、この異世界の文化が遅れているとも言いきれない。交通網は発達していないが、破壊することなく自然と共存して、非常に便利な魔法も魔導具もある。

奈緒からすると、どちらの世界も一長一短だ。いや、生き生きとした緑を見ていると、この世界の方が素晴らしい気すらしてくる。

小川の近くに今夜の拠点を決める。水場はキャンプというか野営に便利なのだ。

トリスタンは肉が欲しいから獣を狩ってくると出かけ、ミハエルはテントの設営を始め、力持ちのエヴァは薪を集めに行き、奈緒はいつものように食べられるキノコや草を採取した。場所はピーちゃんが「ピィピィ」と鳴いたり、飛んでいったりして教えてくれる。

おかげで奈緒はこの国の植生に詳しくなった。

「私、聖女の力がなくってもこの国で生活できるかも。温泉と小川のそばに住めば自給自足が可能でしょ？　ああ、でも残念。火魔法が使えないから薪に火をつけられないか」

奈緒はそんなのんきな独り言をこぼしながら、せっせとキノコ狩りや香草を採取して食料を集めた。その時ピーちゃんがひときわ高く鳴く声が響いた。奈緒が見上げるとそこには、美味しそうな赤い実がなっている。

「やったあ！　果物がある。今日はデザート付きだ」

ピーちゃんが嬉しそうに、奈緒の周りを飛び回る。

奈緒が食料の採取から戻ってくると、焚き火のそばに大きな肉の塊がどんと置いてあった。

「よかった。ナオちょうどいいところに帰ってきた。今肉の解体が終わったところだ」

にこやかにトリスタンは言うが、その肉は解体されてなお、禍々しい瘴気をまとっていた。

「トリスタン、一人で魔物を退治したの？」

「さすがナオ、一発で見破ったね。それでこの瘴気は祓えるかな？」

「うん、やってみる」

「げっ！」

トリスタンの隣にいたミハエルがうめく。

「ミハエル、どうかしましたか？」

「いや、魔物化したキノコの次は、魔物の肉を食べるのかなと思って」

ミハエルはトリスタンとは対照的にげっそりした様子だ。

「ねえ、エヴァはどう思う？」

奈緒はエヴァを振り返る。

「私は、ナオ様がお食べになるのならご一緒します」

エヴァが真剣な面持ちで力を込めて言う。

「エヴァ、もしかして私のためにめちゃくちゃ無理してない？」

「いいえ、ナオ様のためなら！」

奈緒は肉の塊を見て思った。これが浄化できれば、カレーにもってこいだ。カレールーはいまだ収納鞄の中に眠ったままなのだ。

「よし、じゃあ。瘴気を祓って、カレーの具材にしよう！」

奈緒はいつものように胸の前で両手を握り合わせる。

（皆が、喜んでくれるような美味しいお肉になりますように！）

ぱあと光を放つ。

「おおっ」

一同が声をあげた。奈緒が目を開くと肉の瘴気は祓われ、ふた回りほど小さくなっていた。

キノコの時と全く同じだ。瘴気が祓われた途端に萎む。

「トリスタン、これって、結局なんの肉？」

「恐らく猪が魔物化したものじゃないかな？」

トリスタンは森の食べられる動物に詳しい。

「へえ、猪って食べるのは初めて、くさみとかありそう」

「塩、胡椒に、ナオ様がとってきてくださった香草を入れれば大丈夫かと思います」

エヴァが教えてくれた通りにすることにした。

まず、カレーに使う分だけ、トリスタンに肉を切り分けてもらって、後は塩漬けにして保存食を作る。

今夜のメニューはカレーなので奈緒が調理を担当することになった。

「タマネギがないのは残念だけど、カレールーを使えばそれらしくなっちゃうんだよね」

油を敷いた鍋に、塩コショウした肉を入れて、表面に焼き色をつける。

「そうだ。ナオ様、ワインを入れると肉のくさみが取れるかもしれません」

そう言って、ミハエルがワインの瓶を奈緒に差し出した。この世界でのワインは、日本で言うお神酒に相当するものらしく、ミハエルは常備していた。

奈緒はありがたく使わせてもらう。香草と一緒にワインを入れ肉を煮てアルコールを飛ばす。

それから、刻んだ野菜を入れ、水を注ぎ込んでじっくりと煮込む。

日が沈み始める頃には、鍋からよい香りが漂ってきた。

「はあこの香り！　カレー久しぶりだな」

なんだか懐かしい。

「とてもいい匂いがしますね。辛いんですか？」

エヴァが興味を引かれたようにそばに寄ってくる。

「ちょっとだけ。エヴァは辛いもの平気？」

「はい、大丈夫です。異世界のお料理、楽しみです」

エヴァがワクワクした様子で言う。そう旅の楽しみといえば、食に尽きる。それに綺麗な湧き水を見つけるとさらにテンションが上がるのだ。

「私が住んでいた場所ではご飯と一緒に食べるんだけど、ここにはご飯がないから、パンをつけて食べるとちょうどいいと思う。味が濃いからね」

カレールーも完全に溶けて、いい感じにとろみがついたところで、皆がそれぞれの分担を終えて鍋の周りに集まってきた。

「へえ、不思議な色をしたスープだな」

「うわ、茶色い！」

トリスタンは好奇心旺盛で、ミハエルは目新しいものには慎重だ。

エヴァはというと。

「聖女様が手ずから作ってくださったお料理を食べられるなんて幸せです」

「エヴァったら、そんな大袈裟な」

奈緒が照れ笑いを浮かべる。すると、お腹がぐううと鳴った。

「ではいただきましょうか」

今日は奈緒が皿にカレーをよそって皆に配った。

「いただきます」

奈緒は両手を合わせる。

（ああ、森の恵みと旅の仲間に感謝だ。皆が美味しくいただけますように！）

奈緒はスプーンですくい口に運ぶ。

「うわ。美味しい！　お肉もとろけそう！」

てっきり猪は硬いものかと思い込んでいた。

「あのワインで煮込むと何の肉でも柔らかくなるんですよ。元は精霊に捧げるものですからね」

ミハエルが相好を崩す。

「そんなすごいものを料理に使ってしまっていいんですか？」

「聖女様ならば、オッケーです」

ミハエルはどこか緩いところがある。しかし、そのおかげで旅に堅苦しさがない。

「僕はこの味好きだな。うまい」

トリスタンの素直な感想が嬉しい。

「不思議です。このカレーを食べると力がみなぎってくる気がします」

エヴァの言葉にトリスタンとミハエルが顔を見合わせる。

「これ、付与魔法じゃないのか？」

トリスタンの言葉にミハエルが深く頷く。

「確かに！　ナオ様の作ったものを食べると力がみなぎってくるんですよ。これはすごい……」

「ねえ、なんの話？」

奈緒には彼らが何に感心しているのかわからない。

「ナオ様の作ったものを食べると、元気になるということです。これは恐らく聖女の持つ付与魔法かと」

ミハエルが答える。

「付与魔法……？　なんか、聞いたことあるな。とりあえず、皆の役に立っているならよかった」

奈緒はにっこりと微笑んだ。それからは皆で夢中で食事をした。
異世界でカレーがうけているようで、奈緒は嬉しかった。

その晩、奈緒は眠りにつく前に寝袋の中で思う。
（降るような星空の下で、皆で一緒に取る食事って、どうしてこんなに美味しいんだろう。はあ、元の世界に帰りたくないな。なんとかこの世界で暮らせる方法ないかな？　聖女はお姉ちゃんの代理だし……。この世界で暮らしていけるとしたら、どうやって食べていこう？）

◇

《聖女ナオよ！　われじゃ》
「ん？　このかわいらしい声はピーちゃん！」
奈緒はぱちりと目を覚ますと周りは白い空間で、たぶん奈緒は夢の中にいる。
《いかにも》
ガバリと身を起こすと、ピーちゃんが鎮座ましましていた。
「ピーちゃん、もしかしてまた温泉でも見つけたの？」
《むむっ！　ナオは温泉の方がよかったか？》

ピーちゃんが小さな羽をぱたつかせる。どうやら焦っているようだ。
「そんなことないよ。お話聞かせて、ピーちゃん」
《ナオはかねてから、魔法が使いたいと言っていただろう？》
「うん、使えたらいいなあ。私、空飛びたい！」
《ううむ。人の魔法で空を飛ぶのはちと難しい。とりあえず、四属性の簡単な魔法なら使えるようにしておいた》
「え？　私魔力ないのに、どうやって使うの？」
《ナオは、この世界での魔法体系などわからんじゃろ。だから、無詠唱で使えるようにしておいた》
「何それ？」
ピーちゃんの説明がさっぱりわからない。
《われの力は増したのじゃ。それもこれも巡礼の旅でナオが捧げる祈りと、ナオの作ったカレーのおかげ。ナオはこの世界の精霊たちの加護を受けた。祈れば叶《かな》うであろう！》
夢の中のピーちゃんは言いたいことだけ言うとポンと音を立てて消えた。
「え？　ちょっと待って、『むえいしょう』とか言われても何をどうしたらいいの？」

閑話　その頃日本では～いらない子はどっち？

日浦達也《たつや》と妻の美津子は居間でがっくりと項垂れていた。

日浦家の姉妹はそろいもそろっていなくなってしまった。

奈緒に至っては、おかしな消え方をした。

「どうするんだ。奈緒までいなくなって、だいたいお前が悪いんだ。奈緒を殺そうとするから」

「違うわよ。ちょっと帰りが遅くって腹が立ったから脅かしただけよ！　だって、こっちが大変な時に、あの子だけ高校で楽しんでたら腹が立つじゃない！」

イライラとする美津子を見て達也がため息をつく。

「俺たちの老後はどうなるんだ。娘が二人も消えたんだぞ。いったい誰が面倒を見る？」

奈緒が目の前で光に包まれて消失した後、日浦夫婦は警察に行ったが、娘が二人も失踪したとあって同情されるどころか、今度は虐待を疑われてしまった。

案の定、美津子が怒鳴り散らしていたせいで、近所の人に通報されたこともあり、奈緒は虐待を苦にしての家出と警察に決めつけられたのだ。

「くそっ、美玲さえ戻ってくればどうにかなるものを」

達也が悔しそうに言う。

「え？　美玲？」

達也の言葉に美津子が怪訝な顔をする。

「美玲がいれば俺たちの老後も安泰だろ」

「は？　奈緒がいないと面倒なんだけど？」

びっくりしたように美津子が答える。

「どういうことだ。美玲は優しくて優秀で、いい子なんだろ？　奈緒はわがままで嘘つきだ」

「でも美玲って、家の手伝いいっさいしないのよね」

「美玲が家の手伝いをしない？」

美津子は今まで奈緒を『あの馬鹿』と言って徹底的に非難していた。

達也には美津子の言葉が解せない。

「美玲に、皿洗いとか、ごみ捨てとか買い物とかさせられるわけないじゃない。これからいったい誰がやるのよ。それに美玲が通っている私立大学なんて学費が馬鹿高いし。奈緒なら国公立大学に難なく入れるだけの学力もある。お金もかからないし、家のこともやらせられるし。学費も小遣いもバイトで稼いでくるからいらないし」

美津子の言葉に、達也は驚愕《きょうがく》した。

「おい！　話が違うじゃないか！　奈緒は馬鹿で性格の悪い嘘つきじゃなかったのか？」

美津子はぼうっと虚空を見つめている。

「それが、変なのよ。私、頭がぼうっとしちゃって、奈緒ってそんなに馬鹿だったかしら？」

「今さら、何を言いだすんだよ。しかし、確かに……奈緒が通っているのは、公立の進学校だと聞いたことがある」

「奈緒を見ていると妹の百合子《ゆりこ》を思い出して腹が立つのよね。百合子ったら要領ばかりよくて、姉の私より美人で、金持ちと結婚して苛つくったらありゃしない」

達也は美津子の言葉にげっそりする。

「何を言いだすかと思えば……。ん？　俺がぎっくり腰になった時、心配してずっとそばにいてくれたのは美玲……いや、あれは奈緒だったな！　今まで勘違いしていたよ。確かに奈緒がいなくなったら、俺たちの老後は不安だ」

美津子が頷く。

「そう、あの子は気に入らないけど、いないと不便なのよ」

「それは困る！　確かに不便だ。それに奈緒はあまり金がかからない。未成年だし、もう一度警察に頼んでみるか」

「そうね。とりあえず。家のことをやってほしいから、奈緒から捜しましょ。それと美玲の学費は高いから、退学手続きをしなくちゃ」

「なぜだ。まずは休学の方がいいんじゃないのか？　帰ってきたらどうする」

達也は美津子の豹変《ひょうへん》ぶりに戸惑う。

「あなたは知らないだろうけど。美玲は金髪の留学生と付き合ってたのよ。あの子プロポーズされたって言ってたし、帰ってきたってすぐに結婚して出ていくかもしれないじゃない」

達也は初めて聞く話だ。

「なんだと！　付き合っていたんなら、そいつはどうして美玲を捜しに来ないんだ？　そういえば、美玲は友人が多いはずなのに、誰も捜してくれないのか？」

「知らないわよ。そっちはそっちで捜しているんでしょ」

美津子は面倒くさそうに言い捨てる。

夫婦は同時に立ち上がると、再び警察に向かうために支度をした。

「そうだ。トイレットペーパーが切れているぞ。どこに置いてあるんだ？」

「そういう嵩張《かさば》るものは奈緒が買ってきてたのよ。ストックがどうなってるかなんて、気にしたこともない。それに役所の支払いや手続きもあの子にやらせていたし、私、老眼で書類とかの字が細かくてよく見えないのよ」

「なんだって？　支払いが滞っているものはないだろうな？」

「奈緒に聞けばわかるわよ。さっさと連れ戻しましょう。とりあえず、高校だけは出さないと就職口が狭まるだろうから、早く復学させましょ」

夫婦は奈緒の捜索のため、そろって玄関に向かう。

娘があれほど不思議な消え方をしたというのに、二人はすでに正常な判断力を失っていた。

第七話　聖女ナオ、水源の汚染を浄化する

トリスタンとミハエルは岩場の裏で、見張りをしていた。ピーちゃんはトリスタンの肩にとまり、毛繕いをしている。時々餌付けをするからか、すっかりトリスタンに懐いてしまった。

後ろからは「きゃきゃ！」、「あはは！」とはしゃぐ奈緒とエヴァの明るい声が響き、パシャパシャと水音がする。

「明るくて優しくて、気さくな聖女様で助かりました。まさか巡礼の旅がこんなに楽しいものになるとは思いもしませんでした」

ミハエルの言葉にトリスタンが苦笑する。

「能天気の間違いではないか？」

「また、トリスタンはそんなことを。ナオ様は立派な聖女様です。罰が当たりますよ。それにこうやって森でよく温泉を見つけるなんて、精霊に好かれている証拠ではないですか」

今トリスタンとミハエルは見張りについて、奈緒とエヴァが温泉を楽しんでいるのだ。彼女たちは驚くほど仲がいい。

「そんなことはわかっているよ。ただ僕は、ナオがこういう扱いをされていることに全く腹を立てていないことが不思議でならない。ナオにはプライドというものがないのか？」

トリスタンが首をかしげる。

「では、なぜトリスタンはミレイ様ではなく、ナオ様についてきたのですか？　水晶はミレイ様の時に明るく輝きました。ならば、ミレイ様が聖女だと判断するのが普通でしょう」

「僕の目は節穴ではないってことで、答えになってないかな？」

「つまり、ミレイ様ではなく、ナオ様が本当の聖女だと思っているんですね」

ミハエルがにっこりと微笑んでトリスタンを見る。

「僕が初めてナオを見た時、彼女はミレイに騙《だま》されて力の譲渡を受けている時だった。騙されやすい異世界の子を放っておけるわけがないだろ。たとえそれが聖女であっても、聖女でなかったとしても」

「確かに、それはそうです。だからトリスタンはミレイ様のお誘いを振りきって、巡礼についてきたんですね」

「君もナオを選んで巡礼についてきただろ」

「私は左遷されたんです」

ミハエルがぶすっとした表情で答える。

「左遷されたのは知っている。君は水晶の間の責任者から、閑職に回された。しかし、君はその話を蹴って危険な巡礼の旅に立候補した」

「私は、左遷された後、遠くからナオ様を見守っていました」

「それはまた、なんで？」

トリスタンが胡乱《うろん》な目でミハエルを見る。

「変な目で見ないでくださいよ。心配だったからです。それにミレイ様はほとんど説明もなくナオ様に聖女の力を譲渡したんですよ？　ナオ様が倒れた時には死んだかと思いました。自分の妹に譲渡の危険性も知らせずに実行に移すなんて、人の道に外れています。そんな人間が聖女様であってたまるもんですか！」

「まあ、落ち着けって。僕も同じことを思っている」

怒るミハエルをトリスタンがなだめる。

「それにナオ様が渡された支度金を見ましたか？　王国中を回るっていうのに、あのはした金ですよ？　ナオ様はその半分を収納鞄に使ってしまうし」

「ああ、エヴァが申し訳ないことをしたと言っていたね」

「エヴァは怪力ですからね。それにナオ様は野宿なのにキャンプみたいで楽しいと言って喜んでらっしゃるし、異様に植物に詳しいですし」

トリスタンがミハエルの言葉に首を振る。

「あれは植物に詳しいんじゃない。【鑑定眼】だ」

「私もそんな気はしてました……。稀少かつ貴重な異能ですよね。聖女ミレイ様の曖昧でわかりにくい祝福という異能より、ずっと。そのうえ付与魔法持ちなんて、とんでもない逸材です」

ミハエルが遠くを見る目で言う。

「一番の問題は自分のすごさに本人が無自覚ということだ。この巡礼の旅が終わったら、僕の領地にナオを誘おうかと思っている」

「ん？　はい？　なんでそんな話になるんですか！　聖女様はすべての神殿の象徴ですよ？」

ミハエルがびっくりしたように言う。

「ナオは誰のものでもない。自分の意思で生きられるはずだ。これまで召喚された聖女も巡礼の旅が終われば、自由と報奨金を約束されてきた。それにあんな無自覚で警戒心ゼロの聖女を王宮や神殿に預けたら、利用されたあげくに殺される」

トリスタンの言っていることは大袈裟ではなく、事実だった。

「あのトリスタン、でももうちょっと言い方というものがあるかと……。つまりトリスタンはナオ様を保護するおつもりなんですね。まあ、確かに……いろいろと心配です。そうだ、トリスタン、私もあなたの領に置いてもらえますか？」

「君は大神官が帰ってきたら、大神殿の出世コースに戻ればいいだろう」

「ナオ様といた方が楽しい気がするんですよねえ。それに神官の本分は聖女様に仕えることですから」

ミハエルはとぼけたように答える。

「まったく馬鹿ばっかだな」

あきれたように髪をかき上げるトリスタンを見て、ミハエルが笑う。

「それはトリスタンも含めてですか？」

「うるさいぞ」

「ははは、これは失礼。で、差し当たって今晩の飯はどうします？」

変わる話題にトリスタンはすぐに反応した。

「ナオは魚が食べたいと言っていた。川の水をせき止めて漁をする」

「釣りではなく、漁って……。いったい何匹捕まえるつもりなんですか？」

「保存食を作るしかないだろう。巡礼の予算がないんだから」

トリスタンがしょうがないというように軽く肩をすくめる。

「はあ、本当に国王陛下と大神官が東方諸国から聖女様を借りて戻ってきたら、どうなることやら……それに王妃陛下もエクター殿下のやることについてはすべてにおいて甘い」

ミハエルはそれが不満のようだ。

「国王も王妃には甘いからな。それに他国が素直に聖女を貸してくれるとは思えない。たぶん、手ぶらで帰ってくると思うよ」

聖女は稀少な存在で、どの国も聖女の確保に必死だった。

「それにしても、異世界からの聖女召喚術をよりによって、人格破綻者の召喚士イアーゴだけが使えたなんて、この世界は残酷だ」

「神官がそんなこと言っていいのか？」

二人がそんな話をしているうちに、奈緒とエヴァは温泉から上がってきた。ピーちゃんはパタパタとトリスタンの肩から飛び立って、すぐに奈緒の元に戻る。

これから、楽しい夕食の時間の始まりだ。

◇◇◇

「うわっ！　久しぶりに大きな町に来たね」

聖女の巡礼もあっという間に二か月が過ぎ去った。

しばらく森や小さな村ばかりを巡礼してきた奈緒は、人の多さに圧倒される。

「いい宿屋があるとよいのですが、探してきますね」

エヴァが町の雑踏に向けて走りだす。

「あ！　待ってエヴァ！　人混みだから、迷子になっちゃうよ。皆で行こう！」

奈緒が叫んだ時には、エヴァの姿はなかった。

「大丈夫だよ。ナオ、宿が決まったら、印をつけることになっているから」

「印って何？」

「宿屋の看板に白い紐《ひも》をつけさせてもらうんだ」

初めて聞く話に奈緒は驚いた。

「だいたい複数人で移動する時はそうする。とはいっても、ナオは大きな町はふたつめだから、知らなくて当然だよね」

「それに、今まで野宿ばかりでしたし」

しんみりとした口調でミハエルが言う。

「え？　ミハエルは野宿つらかった？」

奈緒が心配そうに聞くと、ミハエルはにっこりと笑う。

「いいえ、飯がうまかったからそんなことないですよ。やっぱりキノコも香草も野生のものが一番です。それにナオ様が温泉を見つけてくださったので満足です」

「よかった！　でもたまにベッドが恋しくなるよね。そうだ。旅費足りるかな？　最初はこの世界の相場がわからなかったけれど、支度金って、けっこう簡単に使いきっちゃう金額だよね」

奈緒が困ったように眉尻を下げる。

「巡礼の支度金を安く見積もるなんて、ひどい扱いだよ」

トリスタンが肩をすくめる。

「ごめん。なんか私、王子様や、召喚士に嫌われちゃったみたいで、皆に迷惑かけてるね」

「そんなことはない」

「そんなわけないです！」

トリスタンとミハエルが同時に言うのが面白くて、奈緒も自然と口元をほころばせる。

「ありがとう、皆が優しいから、旅が楽しいよ」

トリスタンが奈緒の頭にポンと手を置く。

「ナオは、素晴らしい聖女様だよ」

トリスタンはいつも優しくてフレンドリーだ。彼の美しい笑顔にも言動にも本当に癒やされる。トリスタンを見ていると、陽キャがクラスの人気者になるのもわかる。


とりあえず一行は広場に進んでいた。

中央に噴水のある広場には大勢の人々が行き交っている。

すると突然先頭を歩くトリスタンが立ち止まったので、奈緒は彼の背中にぶつかった。

「いったあ。どうしたの、トリスタン」

「ナオ、前を見ずに後ろを向け」

トリスタンの言葉に奈緒は「あははは」と笑い転げた。トリスタンの肩越しにちらりと横断幕が見えてしまった。

「いいから、後ろを向け」

トリスタンは奈緒をひょいと持ち上げると、百八十度回転させた。

奈緒は男性にそんなことをされたのは初めてで真っ赤になった。

「ちょ、ちょっとトリスタンたら」

「すまない、つい……。でも、このまま振り向かずに歩いてくれないか？」

「いいよ。わかっている『聖女ミレイの巡礼に感謝を捧ぐ』って横断幕が気になっているのね」

「ナオ様！　すぐに町長に取り下げさせます！」

ミハエルが顔を真っ赤にしている。彼がかなり怒っていることが伝わってきた。

「えっと困ったな。私、あんまり気にならないんだけど……」

奈緒はそれより、巡礼後の身の振り方を考えていた。旅は折り返し地点を過ぎていたからだ。

「聖女ミレイを担ぎ出している連中の仕業だろうね」

トリスタンは冷静だ。

「でもすごいね。一斉に各神殿には通達できる、魔導具とかあるあるの？」

「はい、この国の神殿には独自のネットワークがあり、王都の大神殿から水晶を通じて各地の神殿へ伝言を送ることができます。それを悪用するなんて、本当に信じられない」

奈緒の疑問にミハエルが答える。

「へえ、ネットみたいなものがあるんだね」

交通は不便なのに、意外に通信網が発達しているのを知って奈緒は感心した。

「そんなことより、ナオはあれを見て腹が立たないのか？」

トリスタンに聞かれて、奈緒は首をかしげる。

「一人なら腹が立っていたと思う。悔しくって泣いてたかも。でも皆が先に怒ってくれたり心配してくれたりするから、私は大丈夫。というか皆に迷惑かけてるの、たぶん町の人たちではなくて、私のお姉ちゃんだよね。お姉ちゃん昔からなんでも自分の手柄にしないと気が済まない人だから。なんかごめんなさい」

奈緒は困ったようにポリポリと頬をかくと、ピーちゃんが気合を入れろとばかりに奈緒の頭をぱたぱたと羽ではたく。

「ナオは悪くない。だが、ナオはそれでいいのか？」

いいわけがない。巡礼の旅が長くなればなるほど、悔しさが増す。

「よくないと思う。でも……お姉ちゃんから力の譲渡を受けているのは事実だから」

曖昧なことしか言えない自分が嫌だと思った。この状況は旅の仲間にも迷惑をかけていることになる。奈緒一人の問題ではない。

「まずは町長のところへ行って事情を説明し、撤回させましょう」

ミハエルが意気込んでいる。

「じゃあ、私は先に神殿に行ってきますね」

奈緒の言葉にトリスタンもミハエルも驚いた顔をする。

「ナオ様。なぜ、ですか？」

「ナオ、どうして神殿に？　急ぐ必要があるのかい？」

「この町、ちょっとおかしくないですか？　人がこんなに多いのになんだか寂れた感じがする。それにところどころに黒い靄が舞っていたりして」

「黒い靄？　君にはこの町に黒い靄が見えているってことか？」

　トリスタンが柳眉を寄せる。

「瘴気も濃いものになると皆に見えるようだけど、辺りに漂っている程度の靄だと見えないみたいね。町の向こうに見えるあの山の上が怪しい感じがする。今までのパターンでいくと、あの山の水源に瘴気があると思う」

　ミハエルとトリスタンがハッとしたように顔を見合わせる。なぜなら、奈緒は瘴気に非常に敏感で、彼女の言うことは百発百中だからだ。

「だから、神殿に行って話を聞いて、水源の汚染を浄化するのが先だと思う。そうしないと病人が後を絶たない。一刻を争う気がするの」

　奈緒はこの二か月の旅で、瘴気が濃い町は人の心も荒れてしまうことを学んだ。

「すごいな。ナオはそこまでわかるのか。ならば僕がついていこう」

　トリスタンが申し出る。

「ではナオ様、トリスタン、私は町長に説明してきます。王都で贅沢三昧して、働きもしない名ばかりの聖女が手柄だけかっさらうだなんて、許せませんから」

「おい、ミハエル」

「え？　名ばかりの聖女って？」

トリスタンがしょうがないなという目でミハエルを見る。

「つまり本当の聖女として務めを果たしているのは、ナオだってことさ。その証拠にナオは聖女になって、目がよくなって眼鏡が必要なくなっただろう？」

トリスタンに問われて、奈緒は美玲の喘息を思い出し、きまり悪そうな顔をする。

「お姉ちゃんから力の譲渡を受けたからね。そのせいでお姉ちゃん、喘息がひどくなったって言ってたし」

奈緒には美玲に対して申し訳ないという思いがある。そのため美玲の身勝手な行動に不満を爆発させられないでいた。

「そうじゃない。聖女は自分自身も治癒することができる。つまり聖女が喘息になるなどありえないんだ。たいてい病気になることはないし、なったとしても、すぐに治る。ただ神聖力を使いすぎると命の危険もあるが、それ以外はいたって健康なはずだ」

「え？」

奈緒はぱちくりと目を瞬いた。トリスタンの言っていることがすんなりと頭に入ってこない。でも彼の言っていることに間違いはなかった。

「それって……私、お姉ちゃんに騙されたってこと……？」

「ごめん、ナオ。このタイミングで言うつもりはなかった」

のみ込むにはあまりにも苦すぎる思いだった。だが、答えは奈緒のすぐそばにあった。

「トリスタンは悪くない。本来なら呼び出されたお姉ちゃんが、巡礼もやるはずなんだよね。だから皆が混乱している。でも今は、まずは水源の問題を解決しよう」

奈緒は悔しさと悲しさの入り交じる気持ちを抑え込み、自分に言い聞かせるように言った。

トリスタンは頷いたものの、奈緒に気遣わしげな視線を向けている。ミハエルも心配そうに奈緒の様子をうかがっていた。

「大丈夫だって！」

奈緒はトリスタンとミハエルに微笑みかけた。

聖女は周りの人を不安にさせてはいけないと、奈緒はその時はそんなふうに思っていた。


奈緒はトリスタンと共に神殿を訪ねると、神官長のいる部屋まで案内してもらった。

「王宮からの通達によると、祝福の異能をお持ちの聖女ミレイ様が王都にいながら、聖女の御業をほどこしてくださるとのことでしたが……。聖女代理のナオ様には型通りに民の治癒をお願いします」

町の神官長に言われて、奈緒とトリスタンは顔を見合わせてしまった。

「王都から聖女の御業を施すなど、そのような真似《まね》ができるわけがありません。神官長殿も聖女のことはご存じでしょう？」

トリスタンの問いに、神官長は慎重に頷いた。

「私も少々混乱しております。歴代聖女のことは神学校で一通り勉強していますが、実在した聖女の中にはそのような方はおりませんから」

「そうです。だから、聖女ナオ様がこうして各地を徒歩で巡礼しているのです。彼女は決して代理などではありません」

「しかし、王都にも聖女が……。聖女が二人という事例は聞いたことがありません」

トリスタンの説明に、神官長は困惑している。

「僕もです。ナオ、さっき僕に話してくれたことを神官長殿に」

奈緒はトリスタンに促されるままに、水源の問題について話した。そして、この町にチラチラと靄のように見える瘴気についても。

「驚きました。そんなことを町に入った途端に見抜くなんて。確かに水源が汚染されているのはナオ様のおっしゃる通りです。ですが、水源には魔物が棲《す》みついていておいそれと近寄れません。それに王都からの通達は曖昧で、魔物についての言及はなかった。では、王都にいる祝福の異能を持つ聖女様は巡礼もしないで、何をしているのでしょう？」

神官長の言葉に、トリスタンは薄く笑う。

「それは後々明らかになりますよ。ないものの証明は難しいが、あるものは簡単に証明できますからね」

ピーちゃんを肩にのせた奈緒とトリスタンは町の中心地を抜けて、山を登り始めた。これから水源地へ向かうのだ。水源地は山の中腹にある洞窟で泉がコンコンと湧いているという。確かに小川が町の中に流れ込んでいるが、決して綺麗な水とはいえない。

現地までは地元の神官フィルが案内してくれた。

彼は親切で足場の悪いところなどを知らせてくれる。

「案内人がいると助かるね、近道できる」

「見届け人ってところだろ？」

トリスタンは冷めた様子だが、奈緒はあまり深く物事を考えないようにしていた。

(異世界に来て、深く考えたら負け。何もかも投げ出したくなっちゃうから)

その時、奈緒は唐突に嫌な気配を感じて、ぴたりと足を止める。

「トリスタン、とっても嫌な予感がする。あのキノコの魔物が追いかけてきたのより、もっとやばいのがいる」

「僕の出番だね。フィルは戦えるかい？」

トリスタンが声をかけると、フィルは顔を引きつらせた。

「弱い魔物の相手なら、……倒したことはあります」

いかにも自信がなさそうだ。

「私も戦えたらなあ」

奈緒が自分の手を見て、ため息をつく。

「あの、もしかして魔物ってたくさんいます？」

フィルが恐る恐るといった感じで、奈緒に尋ねる。

「たぶんあの水源の奥に巣があると思います。それほど数は多くないけど、森のキノコより強いかな」

「え？　森のキノコ？」

話を端折《はしょ》る奈緒に代わってトリスタンがフィルに説明してくれた。

その時、奈緒の目に木々に半分ほど隠された洞窟が見えてきた。ちょろちょろと水が流れ、奥に何かが蠢《うごめ》いている。

奈緒の視力は驚くほどよくなっていた。

「あ！　見えた！　トリスタン、かなり見た目がキモイ」

奈緒は顔を引きつらせた。

「どんな感じ？」

トリスタンはいつもと変わらない軽い口調で聞いてくる。まるで緊張感などないようだ。そのことに奈緒は安堵を覚える。

「ええっと、あそこ！　緑色でぬらぬらした奴、なんか二足歩行してる」

奈緒が指し示した方向に、トリスタンが目を向ける。

「ああ、あれか」

トリスタンも奈緒に負けず劣らず目がいい。

「『あれか』ってなんです？　私には全然見えないんですけど！」

フィルが焦ったような口調になる。

「慌てることはない。ゴブリンだ」

「ひっ！　けっこう強い魔物じゃないですか？」

トリスタンはフィルには見向きもせず、奈緒に声をかける。

「ナオ、一緒についてこれそうか？」

「ええっと。頑張る！ってかトリスタン、よく平気よね。ここまで肉が腐ったようなにおいが漂ってきているのに」

「ナオが、瘴気に敏感なだけだ。僕はまだ何も感じない。もう少し近づけるか？」

「うん、大丈夫、ちゃんとトリスタンについていくから」

「無理しなくていいよ。きちんと距離をとってゆっくりとついておいで」

そう言って、トリスタンはふわりと微笑む。いつもなら綺麗だなと思うだけだが、今回奈緒はドキリとした。

ここは異世界であっても決してファンタジーの世界ではない。彼は確実にこの世界の住人として生きているのだ。

「トリスタンも無理しないで。一人で行くなんて危なくない？　今からでも助けを呼ぼうよ」

すべて人任せではダメだ。奈緒に冷静な判断力が働く。

「ナオ、僕は一人で平気だ。そのための魔法騎士だからね。ゴブリンは退治するから、その後は君が浄化してくれ」

初めて彼の覚悟を見た気がした。今まで楽しいことの多い旅だったけれど。これは命がけの巡礼でもあるのだ。

奈緒は改めて自分の立場の重さを自覚する。

「それなら、私はトリスタンが怪我をしないように、祈る」

「え？」

トリスタンが問う間もなく、奈緒は胸の前で両手を握り合わせて彼の無事を祈った。

彼の体を、柔らかい光が覆う。

「すごい、これは付与魔法！　聖女様のご加護だ！　ナオ様は本物の聖女様だったんだあ」

感激して叫ぶフィルを、トリスタンが鋭い目でにらむ。

「フィル、ナオの集中を乱すな。お前にも付与魔法がかかっているが、一緒に来るか？」

フィルは不思議そうに自分を包む淡い光を見ると、覚悟を決めたように口を開く。

「……い、行きます！」

奈緒は先を歩く二人よりもちょっと遅れてついていった。

もとより、男性二人の足に追いつくわけがない。

洞窟が近づくにつれ瘴気が濃くなり、奈緒の足は重くなる。

するとピーちゃんが「ピーッ」と奈緒を励ますように鳴く。

「ピーちゃん、大丈夫だよ。私、トリスタンを守りたい。たとえ仕事でもトリスタンはずっと私を守ってくれたからね」

するとピーちゃんがぱたぱたと羽ばたき奈緒の頭の上にちょこんとのった。

「ありがとう、ピーちゃんも応援してくれるんだ」

奈緒が微笑むと彼女の周りに光の幕のようなものが降りてきた。

「え？　何これ？　もしかしてピーちゃんの力なの？　すっごい、呼吸が楽になった」

足を速めて洞窟に向かうと、争う音がする。

「ぎぎぎっ」と響いてくるゴブリンの鳴き声が不気味でしょうがない。そのうえ、びちゃ、ぐしゅっというなんともいえない気味の悪い音が響く。

奈緒が洞窟の入り口に到達する頃には、戦闘は終わっていた。

洞窟内の光景はそれこそ異様で、黒っぽい緑色の粘液が、そこら中に飛び散っている。

トリスタンもフィルも粘液にまみれていた。

そして奥の方には見てはいけないものが積み上がっている。奈緒は込み上げてくる吐き気を堪《こら》えた。

さりげなくトリスタンが、奈緒の前に立ち、ゴブリンの成れの果てを隠す。

奈緒はそこで一心に祈りを捧げた。

（どうかトリスタンにまとわりついた穢れが消えますように。町の人々が安心して飲めるよう、水が綺麗になりますように。そして魔物が二度と湧きませんように。瘴気よ、消えて！）

するといつものように体に力がみなぎり、光が現れた。それが渦となり急速に広がる。瘴気が消えていくのがわかった。

数分後、水源は聖女の祈りで、何事もなかったかのように澄んだ水をたたえていた。

「二人ともお疲れさま！　ありがとうございます！」

祈りを終えて振り返ると、トリスタンもフィルもドロドロで……。

「ええっと、そのドロドロしたのは、今は瘴気じゃなくて、ただの汚れっていうか粘液？　ここで洗っていった方がいいよ」

奈緒が一歩後ずさると、トリスタンが苦笑した。

泉で、トリスタンとフィルが体を清めた後、三人で山を下り、町へ戻った。

奈緒たちが、町の神殿に着くと神官長とミハエルが待っていて、機嫌の悪そうな町長を紹介された。町長はうさんくさそうな顔で奈緒を見る。

奈緒はそれを見ただけでうんざりした。

（早く、宿屋に行って休みたいな。それでエヴァと他愛ない話をしながら美味しい料理を食べたい）

巡礼の旅はいいが、いちいち本物の聖女かどうかと疑われて、力を示せば手のひらを返す人もいれば、最後まで頑《かたく》なに受け入れない人もいる。

瘴気を祓うのは使命だと思っているが、最近では町や村での奈緒に対する否定的な態度にうんざりしていた。それに神殿が水晶を持つ、大きな町ほどその傾向が強い。美玲の仕業だろう。

そこで、奈緒は考えることをやめた。

（最初はこの世界も居心地いいかと思ったけど、結局どこでも一緒。居心地のいい場所って、自分でつくるもんなんだね）

奈緒もこの国での自分の立場の危うさには、とうに気づいていた。

この町の神官長への報告はトリスタンとフィルがしてくれているので、奈緒はぼうっと椅子に座って、出された薬草茶を飲んでいる。

薬草茶はほんのりとした苦みはあるものの、さっぱりしていて奈緒の口に合った。

ピーちゃんが奈緒を慰めるように肩にのってくるので、お茶うけのビスケットを分けてあげる。

（森でのサバイバル方法も覚えたし。巡礼が終わったらピーちゃんと二人、森で暮らすのもい

いかもしれない。異世界でスローライフかあ）
最近ではそんな夢想にふけることもしばしばだ。なんとなく小鳥のピーちゃんを当てにしてしまう。
異世界もなじんでくるにつれ、だんだんと奈緒の現実世界になってくる。人がいれば、どこ
にでも争いはあるわけで、それが七面倒くさいと感じてしまう。
気づいたら奈緒の目の前では、ただの話し合いのはずが、一触即発の状態になっていた。奈
緒を聖女として認めた神官長とあくまでも認めない町長の対立の構図である。
（聖女の仕事が巡礼だけなら楽なのに……）
というより、町長は広場のど真ん中に横断幕を作った張本人なので、小娘の奈緒に頭を下げ
るのが嫌なようだ。
結局トリスタン、神官長、ミハエル対町長になり、旗色が悪くなる。最初はフィルを責めて
いた町長が、今度は奈緒に矛先を向けた。
「聖女代理。本当にあなたが聖女だというのならば、私のこの足の不調を治してください！
そうすれば、あなたを聖女と認めひれ伏しましょう！」
なんのことはない。町長は軽い水虫だった。いつもの奈緒なら、治していたかもしれない。
しかし、その日は山を登ったり、水源を浄化したりで疲れていた。それにゴブリンの姿と、
その成れの果てまで見てしまった。

奈緒は聖女かどうかの証明なんてどうでもよくて、美味しい夕食を食べてお風呂に入りたい。

「別にあなたに認められたいとは思っていません。山登りして疲れたので帰ります」

奈緒の言葉に部屋がしんと静まり返る。

「お、おい、貴様！　逃げるのか！」

立ち上がった奈緒を町長が怒鳴りつけると、部屋に緊張が走った。

（ああ、お腹がすいているだけなのに……）

「逃げません。治癒は明日この神殿で行われることになっています。なぜ、あなただけ特別扱いをしなければいけないのですか？　私、そういうの嫌いです。横入りとかずるいことする人も嫌です。それから先着順にというのもなしで、お願いします。重症者からしか見ません」

どの町や村でも、重症者や大きな怪我を負っている人間というのは最後尾にいた。

小さな村なら一気に癒やせることもあるが、こういう大きな町ではそうもいかないだろう。

聖女の御業見たさに、ほんのかすり傷程度で来る者もいるのだ。そういう者ほど先頭にいたり、割り込んだりする。

彼らみたいな人間を、今までミハエルやエヴァがさばいていた。そして喧嘩になればトリスタンが場をおさめる。そんな流れに奈緒もいい加減嫌気が差していた。

奈緒は、一人部屋を出てもくもくと廊下を歩く。誰も追いかけてはこない。

（ああ、せっかく仲間とうまくやっていたのに、面倒くさい聖女代理様になっちゃったよ。後

でトリスタンとミハエルに謝らなきゃ）

いつもこういう面倒な交渉事を引き受けてくれるのはミハエルとトリスタンだ。そのうえ、トリスタンはゴブリン退治から帰ってきたばかりで、フィルの話によるとほとんどのゴブリンはトリスタンが片づけたらしい。

それを思うと奈緒の心がきゅっと痛む。

するとピーちゃんが、自分だけはそばにいるとばかりにピィピィと鳴く。

「ピーちゃん、ありがとう」

奈緒が神殿から出るとすっかり夜のとばりが下りていた。


ほどなくして広場に出ると、奈緒は突然町の人々に囲まれた。

「聖女ナオ様が、本物の聖女様なのですよね？」

「王都の聖女様とは何が違うのですか？」

「偽物じゃないんですよね？」

「あんたが本物なら、どうか聖女の御業を見せてくれ！」

人々が口々に騒ぐ。

「聖女の御業ですか……井戸の水、浄化されているので、もう安心して飲めますよ」

奈緒は答えるが、皆はそれがわかっていて、ここで待ち伏せしていたのだ。早く聖女の証拠を見せろだの、傷を癒やしてくれだのと騒ぐ。

だが、奈緒には重症者がわかる。ここにはそのような者は一人としていない。皆、好奇心で集まった者ばかり。

目をぎらつかせて珍しい生き物を見るような目つきで奈緒を見る。

奈緒の黒髪は珍しいらしく、それも人目を引く。

「おい、聖女ナオ様は水源の汚染の浄化で、お疲れだ。道を開けないか！　お前たちは異世界から召喚されてきた聖女様に何かをしてもらうのが当たり前なのか？　感謝の気持ちひとつないのか。お前たちは何もすることなく、水が清められ、飲めるようになったんだぞ？　それなのに礼も言えないとはあきれた奴らだな」

朗々と響き渡るトリスタンの声に、幾人かは顔を伏せ、幾人かは恥ずかしそうに逃げ出した。

奈緒は別にたいそうな感謝の言葉が欲しいわけではない。ただ皆の笑顔が見たいだけなのだ。

最初の村の人たちは、奈緒が井戸を浄化した時、とても喜んでくれた。彼らの楽しそうな様子を見て、奈緒まで嬉しくなったことを思い出す。

でもこの町の人たちは違った。神殿の人間も町長も、聖女だからできて当たり前、やって当然のことなのだ。確かにそうなのだろう。でも、うまく説明できない、もやもやとした感情が残る。奈緒の体にのしかかる疲労は、人々のために働いた証なのだから。

奈緒が振り返るとトリスタンがいて、目が合うと彼はいつもの笑みを浮かべる。

町の人々に囲まれた奈緒は実に無力だった。

彼がそばにいてくれるだけで、涙が出そうなほどほっとした。

すぐに彼は人混みをかき分け奈緒の元にやって来ると、奈緒を連れ出してくれた。

「ごめん、トリスタン。私……」

「ナオ、遅くなって悪かった。ミハエルとどちらがナオの元に行くかもめてね。結局じゃんけんで僕が勝った」

今まで泣きそうだったのに、トリスタンのその言葉で奈緒は噴き出してしまった。

旅の仲間の温かさが心に染みる。


その後、聖女様を無碍《むげ》に扱うと精霊に呪われると神官長から説教された町長が、青い顔をして奈緒に謝りに来た。

いろいろと違うと思ったが、奈緒はこの町の人とは価値観が合わないのだと納得し、謝罪を受け入れた。

寂しいけれど仕方がない。

いつものようにつつがなく神殿での治癒を終え、奈緒は次の巡礼地へ向けて旅立った。

(大丈夫。私には大切な旅の仲間がいるから)

第八話　王都～美玲とエクターの思惑

妹が旅立ってから二か月以上が過ぎた。

美玲は異世界に召喚されて聖女になってからというもの、笑いが止まらなかった。王宮で皆からちやほやされ機嫌を取られるのはいい気分だし、綺麗なドレスや宝石が欲しいだけもらえる。

そして一番の召喚特典は治癒力だと思う。人を癒やすだけではなく、自身も癒やせる。今まで気にしていた日焼けも肌荒れもない。どういう仕組みかわからないが、翌日目覚めると肌も髪もつやつやに修復されているのだ。

美玲は元の世界にいた頃は交友関係が広く、ゼミの飲み会や合コンにデートのほか、海やプール、バーベキューなど誘いが多かったので、日焼けやそばかすが気になっていた。髪や肌の手入れに美容院やエステを使い、どれだけ美容にお金をかけたかわからない。

それが聖女の力を得てから嘘のように治ってしまったのだ。

何もしなくても肌も髪もつやつやだ。特にこの国では黒髪と黒い瞳は珍しいらしく、神秘的で美しいとされた。

ただ、ダイエットだけは怠らなかった。それは召喚特典としてついてこないらしい。初めの一か月はつい油断して太ってしまった。

この国の王侯貴族のように魔法を使えないのも、面白くはない。それでも聖女の力が弱いうえに異能もない奈緒よりはましだと思うことにした。

奈緒は今頃どのあたりを旅しているのだろう。最後に部屋を尋ねた時、奈緒の生意気さに腹が立ち、彼女に渡す支度金の半分を美玲はくすねた。今そのお金は、美玲の持っている宝石のどれかひとつに替わっている。

「あの馬鹿、キャンプしたいなんて言ってたし、野宿ができてちょうどいいじゃない。それに、奈緒が今まで話したことないようなイケメンもいるしね」

思わず笑ってしまう。美玲は奈緒が巡礼の旅を成功させられるとは、思っていなかった。聖女の力は五分の一ほどしか分け与えていないのだから。

だいたい奈緒には協調性がなく、いつも一人で漫画や本を読んでいることが多い。美玲から見た奈緒はクラスで最底辺の女子だ。トリスタンとは釣り合わない。

エクターも美しい顔をしているが、トリスタンにはかなわなかった。そのトリスタンが奈緒と一緒にいるかと思うと、気に食わない。

美玲がメイドたちに指示を出し、鏡の間で着飾っている時、彼女の部屋のドアが激しくノックされた。

この世界に来て初めてのことだ。

「何事？」

美玲が不快そうに眉根を寄せる。

入ってきたのはエクターと大神官の代理の男だった。

たしかジュードという名の男だったか。美玲から見ると常にエクターと王妃の言いなりな印象だ。

「ミレイ、大変なことになった。王都城壁のすぐ近くで魔物が確認された」

そう言われても美玲はピンとこない。

「それがどうかした？」

「ここ十数年、城壁の近くで魔物は出ていない。聖女のつくった結界が鉄壁だったからだ」

美玲は納得がいかなかった。

「城壁近くなら、城壁の外でしょ？　奈緒が巡礼に失敗したんじゃないの」

美玲は即座に奈緒のせいだと思った。やはり妹は愚図の出来損ないだと……。

「違う。巡礼は城壁から十数キロ離れた先から始まる。だから、城壁の周りはミレイの管轄だ」

「は？　そんなこと初めて聞いたんだけど」

「ミレイ。今すぐ祈りを捧げてくれ」

美玲はこれから茶会を開く予定だったが、エクターの願いを聞き入れないわけにはいかない。

「わかった。サクッと祈ってくる」

「助かるよ、ミレイ」

美玲が笑顔で答えると、エクターはほっとしたような顔をする。

彼が出ていった後、美玲はメイドたちに命じた。

「今すぐ、聖女服に着替えるわ。まったく、面倒くさいわね」

途端に美玲は機嫌が悪くなった。


美玲は大神殿に着くと、荘厳な雰囲気をたたえる礼拝堂に入る。

色ガラスから落ちてくる日差しは、床に美しい文様を刻んでいた。最初はその美しさに感動を覚えたが、今では見飽きている。

美玲が祈りを捧げるのは久しぶりだ。

祈りは週一回と決めていたが、ここのところ多くの茶会や夜会に招かれ忙しくて、祈りはさぼりがちだった。前回はいつ祈っただろうか、ちょっと思い出せない。

美玲はさっさと済ませたくて、女神像の前で早速胸の前で手を合わせた。

ほどなくしてじんわりと体が温まってきた。美玲の周りに光の粒が舞う。その光が集まって、辺りに広がるはずだが、今日はなぜかふわふわと漂って空気に溶けていくように消えた。

「あれ？」

するとジュードがおろおろし始める。

「聖女ミレイ様、かなり長い間、毎朝のお祈りをしていないですよね。まずいです。神聖力が弱くなっております」

美玲はジュードの言葉を聞いて、ぽかんとした。

「は？　それっておかしくない？　私は異世界から召喚された聖女でしょ？　なんでこの国の神に祈りを捧げないと力が弱くなるの？　理屈がわからない」

するとジュードは顔を引きつらせた。

「ミレイ様、そのようなことをおっしゃってはなりません！　精霊が聞いているかもしれません」

「精霊？　何それ、どういうこと？　その女神の像が神様なんでしょ？」

美玲が白い石像を指さした。

「ミレイ様。もしかして……あなたが召喚された時にお渡しした聖典をお読みではないのですか？」

ジュードが驚愕の表情を浮かべる。

そういえば、表紙にやたら装飾が施された分厚い図鑑のようなものを渡された覚えがあった。

どこへ置いただろうか。クローゼットのどこかに埋もれているはずだ。

「突然異世界から召喚されて、大変だったのよ。この国の習慣にも慣れなきゃだし、社交もしなきゃだし。それに私はこの国の言葉は話せても読み書きはできないの。あなたがサクッと説明してくれる？　それと、さっきから聖女の私に対して失礼よ」

美玲がそこまで言うとジュードが顔色を変えた。

さすがに言いすぎたかと思ったが、後でフォローしておけばいいだろう。

「この女神像は初代聖女様のお姿です。その聖女様は異世界から召喚されました。その後王族と結婚し、この世界にも聖女様が国ごとに生まれてこられるようになったのです」

美玲が聞きたいのは、くだらない神話の世界の話ではない。

「それで、どうやったら聖女の力が戻るの」

美玲としては自分さえ綺麗でいられればどうでもよいが、この国で特権階級を維持したければ、どうしても民を守れるだけの強い神聖力がいる。

「精霊に祈りを捧げることです」

「それだけ？」

「はい、毎朝この場で祈りを捧げるだけです」

「わかった。でもそれって朝早くじゃないといけないの？　いつ、どこで祈っても一緒じゃない」

ジュードの顔色がだんだんと悪くなっていく。

どうやら美玲に腹を立てているのではなくて具合が悪いようだ。

「大丈夫？　具合が悪そうだけど。私が癒やしてあげる」

「わ、私は平気です。朝の祈りは大切です。朝はよき精霊の力がみなぎっていますから。どうかよろしくお願いします。私はこれにて失礼します」

美玲は気になることがあったので、ジュードを引きとめた。

「ねえ、ちょっと待って。奈緒はどうなの？」

「ナオというと聖女ナオ様ですか？」

「聖女代理でしょ？」

美玲は怒鳴りそうになるのを、ぎゅっと手を握って堪えた。

「……はい」

どうもジュードの反応が鈍い。

「で、奈緒はどうなの？　あの子には、誰も朝の祈りが必要だなんて教えていないと思うのだけど」

「それはミレイ様がレクチャーするとおっしゃっていませんでしたか？」

ジュードがあっけにとられている。美玲にとっては非常に腹立たしい反応だ。

「は？　私のせいってこと？」

「いいえ、そんなことは……。ナオ様の巡礼はうまくいっているようです」

「ナオ様ねえ、あの子も私のおかげで偉くなったもんだ。で、それはちゃんと私の手柄になっている？」

一番の気がかりはそこだ。

「はい、なっております」

今まで歯切れが悪かったジュードが、急に明言したので、美玲は訝しく思う。

「そう、ならいい。でもどうして聖女の巡礼がうまくいっているとわかるの？」

「各地から、苦情がこないからです」

「へぇ、奈緒、真面目にやってるんだ。あの子、協調性ないのに。っていうか苦情がこないからなんて、ずいぶん大ざっぱなのね、この国のやることは」

美玲は自分の手柄になっているならかまわないが、奈緒が困っている様子が伝わってこないのが面白くない。

（奈緒がもし、トリスタンに好かれたんなら、腹が立つな。聖女の力があるっていうだけでちやほやされる世界だし。油断も隙もない）

「明日から、祈りを捧げる。じゃあ、もう行く」

美玲は言いたいことだけ告げると、踵《きびす》を返し礼拝堂から出ていった。

◇◇◇

城壁近くに魔物が現れてから一週間。

困ったことが起きた。エクターは王宮の四階にある執務室で報告を聞いた後、すぐに王宮を出て、隣にある大神殿へと向かった。

長い回廊を歩き、ジュードがいる礼拝堂に行く。

「おい、ジュード、どういうことだ。ミレイはこの一週間毎朝祈りを捧げているというのに、城壁のそばでは相変わらず、魔物の目撃報告が続いているぞ」

ジュードが困ったような顔をする。

「ミレイ様の聖女の力が戻っておりません」

エクターはジュードの言葉に引っかかりを覚えた。

「もう……聖女ミレイとは呼ばないのだな」

「残念ながら、聖女の力の残滓《ざんし》があるのみです」

そんな気はしていた。だからといってミレイを切り捨てる気はなかった。

（あのナオという娘は聖女らしくない。優しいミレイのことだ、きっとナオに力の大半を譲渡してしまったのだろう）

なぜか、エクターはそんな気がしてならない。

「それではこの王都の守りは薄くなってしまう。ナオを呼び戻す」

その言葉にジュードは驚き、目を見開いた。

「巡礼の旅は順調です！　どんどん瘴気の強い地方へと向かっています。もし、今帰還を命令すれば地方の不満が膨れ上がります」

気に入らないが、ジュードの言う通りだった。ナオがこの世界に来るまでは唯々諾々《いいだくだく》としてエクターに従ってきた男だが、ナオが巡礼の旅に出た途端にジュードは変わった。

（いや、トリスタンが来て、ナオについたからか？）

「ならば、魔法騎士団を動かす」

「しかし、それは、第二王子殿下の管轄です。トリスタン様の命がなければ――」

「うるさい！　これ以上意見するならば、投獄するぞ。理由はいくらでも捻りだせる！」

エクターはジュードの言葉を遮り、脅す。

「そんな……エクター殿下、なぜそこまでしてミレイ様をかばうのです？」

ジュードの顔色は真っ青だった。

「聖女ミレイはナオに力を分けたから、このような窮地に陥っている。ならば、ナオに聖女の力をミレイに返させるのが道理。ミレイによるとナオは要領がよく、嘘をつくという。そのような娘を聖女として認められるか？」

ジュードが振り絞るように言葉をつむぐ。

「エクター殿下。お言葉ですが、聖典には聖女の力は、正しく精霊を敬う者が授かると書いてあります。巡礼の旅で聖女ナオ様が精霊を敬い、祈りを捧げているのではないでしょうか？

だからこの国の安寧は守られているのです」

「それはミレイがナオに力を譲渡し、レクチャーしたからだろ？　すべてミレイの自己犠牲による計らいだ」

「ミレイ様が、レクチャーを？　聖女ナオ様を北の離宮の一室に閉じ込めたまま、粗末な食事を出すように指示をしておいでではなかったですか？」

エクターはジュードがミレイを誤解していることに気づいた。

「それはナオが聖女ミレイや私に不敬な態度をとった罰だ」

「聖女様は元来、広い心をお持ちのはず。負の感情は瘴気の元となります。罰などとんでもありません」

「なんだと？　ミレイと私が間違っていると言いたいのか」

どうもジュードとは話が噛み合わない。次第にエクターは苛立ってきた。

「エクター殿下、どうか思い出してください。大神官様から、聖典を習ったではありませんか？　それをお忘れですか」

ジュードに問われ、エクターの記憶に何かが触れる。その瞬間キーンという耳鳴りがして、エクターは激しい頭痛に襲われた。

「うるさい！　黙れ！」

「エクター殿下、どうか私の話を聞いてください。ミレイ様の聖女の異能は祝福です。この状態にあって、ミレイ様の異能は本当に祝福なのでしょうか？」

悲壮な表情でジュードがエクターに訴える。

「違うと言いたいのか？　祝福の異能も何もかも、ミレイはナオに譲ったのだ！」

「聖女の異能は先天的なもので固有のものです。聖女の力のように聖女様同士で分け与えることはできません！　なぜです。なぜ、それもお忘れになってしまったのですか」

ジュードの不快な言葉がキンキンと頭に響く。

「あ、頭が……割れそう……だ」

エクターは頭を抱えて膝をついた。

第九話　巡礼の旅と仲間との語らい

巡礼の旅が始まって、三か月以上が過ぎた。

奈緒たちは相変わらず森や草原を徒歩で進む。奈緒は舗装されていない道を歩くことにも慣れてきた。そして野宿はお手のものだ。

奈緒たち一行の旅は先へ行くほど、困難を極めるはずだったが、実際の旅はスムーズだった。ただし、瘴気に満ちた町や村に入るまでの工程に限る。つまり旅路だけは楽しいのだ。

「エヴァ、もしかして瘴気が人に悪さをしているのかな？」

爽やかな風が吹き抜ける草原を歩きながら、奈緒がそんなことを言いだした。

「ナオ様はなぜそのようにお考えで」

そろそろ日が陰り始める頃で本日の野営の場所を探さなければならない。トリスタンとミハエルが先を歩き、奈緒とエヴァは彼らの後ろについて歩いている。

「瘴気の影響を強く受けている町とか村の人たちほど、荒れているから」

奈緒の個人的見解だ。

「確かにそうですね。瘴気が強ければ強いほど、町や村の人々はギスギスしていますね。宿屋が閉鎖している町もありましたしね」

エヴァが遠い目をする。

「あはは、あの時は寝るところがなくて皆で馬小屋で寝たんだよね」

それについてはエヴァもミハエルもかなり怒っていた。

いずれも王太子エクターと王妃の連名で通達が回っている。

どの神殿にも奈緒は聖女代理で、聖女の御業は王都から聖女ミレイが直接行っているという内容だ。

そのたびに奈緒は自分が聖女だと知らせなくてはならない。

さすがに聖女について学んでいる神殿の神官はわりと早めに奈緒たちの言い分を信じてくれるが、町や村の長はそうもいかない。

しかし、神殿にとっても聖女が二人というのは異例の事態で、どこの町村でも皆が戸惑うばかり。

いまだかつて召喚された聖女がひとつの国で同時期に二人存在したことはないからだ。

「ナオは自分の姉に怒りを感じないのか？」

トリスタンが振り返り、淡々とした口調で奈緒に問う。

「怒りというか、生まれた時からの付き合いだから、こういうものなんだって思ってる。それに実際どうなんだろう？　いずれも王太子殿下と王妃陛下の連名だし」

「しかし、君の姉が自分の手柄にしたいのは明らかだろう。王太子にしても、わかっていてやらせているはずだ。で、『こういうものなんだって思ってる』って？　なんだかあきらめの境地だな。元の世界で何があったんだ？」

トリスタンがこのような私的なことを聞いてくるのは初めてだ。

「姉がいなくなった時、私はいらない子だと言って、母から殺されそうになった。ちょうどその時、この世界に召喚されたから、事なきを得たって感じ」

さらりと話す奈緒の言葉の重さに、ミハエルもエヴァも息をのむ。

「親とは身勝手なものだな。ナオはきっと怒ることも悲しむこともできないほど傷ついているんだね」

奈緒はトリスタンの言葉を聞いて驚いた。

「私が傷ついている？　そんなふうに考えたことなかった」

「ナオにはじっくりと自分自身と対話することを勧めるよ」

「なんか難しいな。そうだね。時間ができたらやってみる」

トリスタンの言葉に奈緒は素直に頷いた。

「いずれにしても巡礼は今度の町が最後だ。その後きっと考える時間はいくらでもあるだろう」

「長いような短いような不思議な旅だったなあ。でも私、サバイバル能力が身についたような気がする。そうだ、今日は私が火おこしをしてもいい？」

皆が不思議そうな顔で奈緒を見る。

ピーちゃんが以前夢で魔法を使えるようにしておいたと言っていた。

今までどうしていいのかわからなくて、試したことはなかった。それに身の回りのことは気の利くエヴァがやってくれていたのだ。

「今晩はクリームシチューを作るね」

「クリームシチューですか？」

エヴァが不思議そうな顔をする。

「うん、楽しみにしてて！」

そう、この国にはクリームシチューはない。

流通が発達していないようで、地方により食べられている野菜が違うのだ。旅の途中で、タマネギ、ニンジン、芋、固形ブイヨンを手に入れた。

さらに巡礼のお礼にとバター、牛乳、小麦粉、肉を分けてもらいクリームシチューの材料がそろった。それらはすべて収納鞄に保管されている。どういう仕組みかはわからないが、けっこう長持ちする。

奈緒は、町に訪れたばかりの時は鼻で笑ったり、冷たい態度をとったりしていたのに、浄化した後は手のひらを返す人々にあまりいい感情をいだいていない。だが、食料を分けてもらえると、現金なもので、間違った情報を与えられていたのだから、仕方がないと思えてくる。

「ナオ、火おこしはどうやってするつもりだ？　手間ではないか？」

トリスタンが不思議そうに聞く。

「うん、ピーちゃんが魔法を使えるようにしといたって言っていたから、やってみる」

「またピーちゃんか？」

トリスタンがしげしげとピーちゃんを見る。

「こいつまた大きくなっていないか？」

そう言いながらもトリスタンはピーちゃんにチーズの切れ端をやる。ピーちゃんは喜んで食べた。

「言われてみれば、ちょっと大きくなったよね」

今では丸々と太って、奈緒がいた世界のシマエナガのようなフォルムになっている。

「ピーちゃんって初めからかわいかったけど、ますますかわいくなっていく」

「じゃあ、ナオ、試しにやってみせて？」

トリスタンが珍しく奈緒をせかす。

奈緒はじっと薪を見つめると言った。

「美味しいシチューが食べたいから、どうか火がついて」

エヴァもミハエルもあっけにとられたように奈緒を見る。なぜかトリスタンだけが「君って最高」と爆笑していた。

するとポッと薪の奥に火種ができて瞬く間に火がついた。

皆、唖然となるが、奈緒だけは違った。

「すごい！　ピーちゃんありがとう！」

奈緒がはしゃぐと、ピーちゃんは嬉しそうに周りを飛び回る。

野菜を刻んだ後、鍋を火にかけて、油を回し入れる。具材を入れると、油がじゅっと音を立てた。

（焦げると美味しくなくなっちゃう！）

「弱火になって！」

奈緒がそう命令すると火加減は弱火になる。

「すごい！　魔法って便利だね」

奈緒が浮き浮きとはしゃぐ横で、三人は顔を寄せ合う。

「ナオ様はすごいです。ここまで魔法を使いこなせるだなんて」

エヴァが感激している横で、ミハエルはあっけにとられていた。

「確かに火力の微調整まで、いきなりできるなんて普通ではありえませんよ」

「これは魔法なのか？　単に、ナオが精霊に愛されているだけではないのか？」

「巡礼が修行になり、聖女の力が強くなるという話は聞いたことがあります。いずれにしても精霊由来の力でしょう」

トリスタンの言葉を受けて、ミハエルが言う。

「なるほどね、無敵の聖女だな」

奈緒は自分で火加減ができるようになり、いい気分になっていた。

日が暮れる頃、奈緒のシチューはできあがる。

「シチューにパンを浸して食べると美味しいんだよ」

奈緒の言葉にトリスタンが素直に従い、硬いパンをシチューに浸して一口食べる。

「ん！　これはうまい！　今まで食べたスープの中で一番まろやかな味がする」

「ナオ様の作るお料理はどれもとっても美味しいです」

エヴァが褒めてくれる。

奈緒も久しぶりのクリームシチューに舌鼓を打つ。懐かしい味がした。

シチューは大好評であっと言う間に鍋は空になる。


後片づけが済み、皆で焚き火を囲んでいる時、奈緒は最近気になっていることを聞いてみた。

「そういえば、トリスタンは巡礼の旅が終わったらどうするの？　ミハエルは、大神殿へ、エヴァは王宮に戻るんでしょ？」

旅が終わった後、仲間は散り散りになってしまう。

それが少し寂しいと奈緒は感じていた。

「皆がバラバラになったとしても、時々こうして会えるといいな」

「ナオこそ、どうするつもりだ？　巡礼が終わったら、元の世界に帰る方法を探すのか？」

トリスタンに聞かれて、奈緒は首をかしげた。

「そうだね、お姉ちゃんが帰る方法を探すって言っていたけど、どういうつもりなのかわからないや。でもお姉ちゃんが帰らないと家族が崩壊するから、やっぱり私が帰る方法を探すしかないかな」

「君の姉の話ではなくて、ナオはどうするの？」

「私は帰りたくない」

奈緒はトリスタンの問いにはっきりと答えた。

不思議なことに、家族と離れてみると彼らに対する印象が変わってくる。

あちらの世界にいたことは家族に認められたくて必死だったけれど、今はあんな息苦しいところに戻りたくないと思っている。いろいろな意味で日浦家は変だった。

たとえば、奈緒が高校に受かった時、母は『公立高校は馬鹿が行くところだ』と罵倒した。

そもそも美玲の学費が高くてやっていけないから、何がなんでも公立に入れと言ったのは母だったのに。そしていざ入学してみると、周りの生徒たちは『この学校にずっと来たかったんだ！』と誇らしげだった。その時奈緒は悟った。母は、志望校合格という奈緒の成功を罵りたかっただけなのだと。

今思うと、あの頃からずっと奈緒は家でも学校でも自分の居場所を探していたのかもしれない。自分が帰るべき場所は、別のどこかなのだと感じていた。

それに『いらない方』だとはっきり言われて殺されかけたのだ。どんな心持ちであの世界に帰ればいいのか。がっかりされて罵倒されるのは怖いし嫌だ。何よりもうそんな思いをしたくない。ならばこの世界で自分の居場所をつくるまで。

「じゃあ、巡礼が終わったら、僕の住む領に来るかい？」

「え？　いいの？」

まさかそんな申し出があるとは思わなかったので、奈緒は驚いた。

「北方で、冬は少し寒いけどナオの好きな温泉もあるし、海も山もある。起伏に富んだ土地なんだ」

「へえ、日本みたい！　海もあるなんて、憧れるなあ」

「ナオは森ではなく、海の方が好きなのか？」

あいにく巡礼のルートに海のある土地はなかった。

「両方好きだけど……、海が好きかも。あの波の音と潮風がいいんだよね。そうだ！　巡礼が終わったら、仕事も探さなきゃ」

ミハエルが不思議そうな顔をする。

「なぜ、仕事を探すのです？　ナオ様は聖女ではないですか？」

奈緒は笑いだす。

「聖女って職業なんですね。でもお姉ちゃんに力を返せば、ただの人になります。私は料理を作ることが好きだから、食堂とかで働きたいな。ねえ、ピーちゃん」

奈緒はピーちゃんに話しかける。ピーちゃんだけは、ずっと奈緒のそばにいてくれる予感があった。

なんとなくピーちゃんとは一体感を覚えるのだ。それに夢に出てきて時々しゃべるし、とても愉快で愛らしい。

「ナオ様、私はミレイ様に力の譲渡をするのは反対です」

ミハエルの言葉にびっくりした。

「え？　どうして借りたものは返さないと。それにお姉ちゃんって、しつこいんだよね。返さないなんて言ったら、たぶんキレるし」

けろりとした調子で言う奈緒に、ミハエルは首を振る。

「ナオ様は巡礼の旅が修行となり、かなり強い神聖力を身につけました。それは返すとは言いません。ただであげるのも同然です」

ミハエルの言葉はじわりと身に染みた。

「……それで、私はできることが増えていったんですね」

「僕もミハエルと同じ意見だな。ナオは人がよすぎる。自分自身の努力と苦労で手に入れた力を簡単に手放すな」

トリスタンまでそんなことを言いだすので驚いた。

「私だけじゃないよ。皆が助けてくれたからここまでこられた。その、せっかく忠告をくれているのに申し訳ないいんだけど、お姉ちゃんは言いだしたら聞かない人だし、エクター殿下も王妃陛下もお姉ちゃんの味方だから、たぶん、私にはどうにもできない。ごめんなさい」

奈緒は仲間に頭を下げた。それに奈緒が力を返したくないと言ったら、彼らを巻き込む気がして、怖かった。

どこからともなく、あきらめのようなため息が漏れる。

「ナオ様、一度聖女となった者は、再びその力を必要とする時がきます。どうかそれをお忘れなきように」

「え？　それはどういう意味ですか？」

「ミハエル、その話は終わりにしよう。ナオの中で結論が出ているようだし。それに巡礼が終われば、ナオは自由だ。だから、うちの領においで」

そう言ってトリスタンがにっこりと微笑む。

「うん、ありがとう、トリスタン」

彼のそんな心遣いが嬉しい。

「ナオ様、それなら私も連れていってください」

なぜかエヴァが名乗りを上げる。

「エヴァは王宮勤めがしたかったんじゃないの？」

「お城に来る前は憧れていましたが、ナオ様といる方が楽しいです」

「え？　そんな理由で、私と一緒にいてくれるの？」

「私、実は普通の人間ではないんです」

エヴァが突然そんなことを言いだす。

「え？　どっからどう見てもエヴァは普通の人間だけど」

するとエヴァがいたずらっぽい笑みを浮かべ、奈緒の前にエヴァ愛用のメイスを出す。

彼女はこのメイスを振り回し、勇猛果敢に魔物たちと戦うこともあった。

「ナオ様、これ持ってみてください」

「うん、わかった」

しかし、驚くほどメイスは重い。

「うっそでしょ？　これ持ち上がらないんだけれど？」

奈緒がびっくりしてエヴァを二度見する。

「私、ドワーフの血が流れているんです。だから怪力なんです」

「確かに大量の薪を軽々運んでいるけど……。すっごい、ドワーフって本当にいたんだ」

奈緒は感動してしまった。

「そんなに喜んでくださるの、ナオ様だけですよ。けっこう差別されるんです。でも私、ドワーフの血を恥じてナオ様に言えませんでした。そのせいでナオ様がお値段の高い収納鞄を買ってしまいましたね」

　エヴァがずんと落ち込んだような表情をする。

「そんなことないよ！　それに荷物が嵩張らなくて便利じゃない。それより力持ちなんてすごい特技。かっこいいよ、エヴァ！」

「ナオ様、ありがとうございます」

　奈緒の心からの賛辞に、エヴァが顔をほころばせる。

「エヴァだけが本当のことを言うのは、不公平だから、私も言いましょう」

　ミハエルの言葉に奈緒はぎょっとした。

「ミハエルもドワーフなんですか？」

「私は血筋にノームがいます」

「うわっ、まるっきりファンタジー」

「はい？」

　ミハエルはファンタジーという言葉がわからなかったようで、訝しそうな顔をするので、奈緒はファンタジーの意味をふわっと説明した。

「皆なんかすごいね」

奈緒はちらりとトリスタンを見る。

「トリスタンは……、人間離れした綺麗さだけど、人だよね？」

奈緒はだんだんと自信がなくなってきた。

「人族だよ。だいぶ血は薄まっているからね」

「その言い方って……もしかして、エルフが先祖にいたとか？」

「え？」

声をあげたのはミハエルだ。

「なんでトリスタンのだけわかったんですか！」

トリスタンはミハエルを見て苦笑している。

「私の世界では、エルフは美しいものとされているんです。それに剣術や魔法も得意だったりするから、トリスタンにぴったりでしょ」

奈緒がミハエルに説明する。

「でも君の世界には、エルフはいないんだろう？」

奈緒はトリスタンの問いに頷いた。

「うん、エルフもドワーフもノームもいないよ。だから、皆と会えて、一緒に旅ができて今すっごく感動してる」

言葉にするとさらりとしているけれど、奈緒の心は強く揺れ動いていた。

「今はずいぶんと血が薄まって、全員姿かたちは人ですけどね」

ミハエルが言う。確かにエヴァはドワーフが祖先にいるというわりに、すらりとしているし、背も低くはない。

「私にとっては、素敵な出会いだよ」

奈緒は満天の星を見上げた。

（私の旅は本当にすごい人たちに支えられていたんだな。未熟な聖女代理だったけれど。もったいないなあ。お姉ちゃんは、どうしてこんな素敵な旅を私に譲ったりしたんだろ）

明日はいよいよ最後の町だ。

これから何日間、仲間と共に過ごせるのだろう。

奈緒には次の町がどのような状態にあるのか、想像もつかなかった。

第十話　巡礼の終着点

昼下がりに着いた最後の町は、悲惨なものだった。

町の境界線に入った瞬間、奈緒はふらりと膝をつく。ピーちゃんが鋭い鳴き声をあげながら、警告するように奈緒の周りを飛び回る。

「ナオ様、どうしました」

エヴァが慌てて抱き起こしてくれた。

「大丈夫だから、エヴァ。私ちょっと気持ち悪いから吐いてくる」

奈緒はくるりと踵を返すと木に陰に隠れて吐いた。そんな奈緒を気遣ってエヴァが水を持ってきてくれた。もちろんここへ来る途中でくんできた綺麗な水だ。

その間にも仲間たちの声が聞こえている。

「トリスタン、おかしいですよ。最後のこの町は商業都市で一番栄えているはずなのに、人っ子一人いないです。思ったより瘴気の侵攻が速かったのかもしれません。私にも黒い靄が見えますし、先ほどからおかしなにおいがします」

ミハエルの言葉を受けて、トリスタンが全員に指示を出す。

「ナオ、無理しなくていい。先に僕たちが様子を見てくるから。エヴァ、ナオを頼んだよ」

「はい、お任せください！　ナオ様は絶対にお守りします」

エヴァがそう言ってくれるのは心強いが、奈緒はこのままでは町に入れない。

だとしたら、やることはひとつ。

「エヴァ、私、今回はここから祈りを捧げることにする」

奈緒は木陰にぺたりと正座した。立てないのだ。

「ナオ様、無理をなさらない方が」

「ありがとう、でもトリスタンもミハエルも町に入っていっちゃったし、ちょっと心配なんだ。この瘴気、尋常じゃないよ。たぶん魔物が大量発生しているよね。それこそゴブリンどころじゃない強い奴が」

肩にとまるピーちゃんも、少し元気がない。奈緒は気合を入れると胸の前で手を握り合わせて祈った。

――どうか、皆が無事でありますように。瘴気が消えますように。

砂ぼこり舞う町の境界線で、奈緒が一心に祈りを捧げていると、肩を揺する者がいる。

目を開けるとエヴァだった。

エヴァが泣いている。

「エヴァ、どうしたの？　私が祈っている間に何かあった？　怪我でもしたの？」

「違います。いくら呼んでもナオ様の反応がなくて」

「え？」

気がつくと辺りは夕暮れになっていた。いったい何時間祈り続けていたのだろう。自分でも記憶がない。

「ナオ様、ずっとお祈りしていました。いくら聖女様でも神聖力を使いきるようなことがあれば、死んでしまいます」

「え？　そうなの？　知らなかった！」

奈緒はぞっとする。

「ナオ様！」

泣きながら、エヴァが奈緒に抱きついてきた。

「ごめんね。心配かけて」

エヴァの背中を撫でようとした奈緒は、自身の異変に気づいた。

「あれ？　腕が……上がらない」

奈緒は、エヴァに強制的に水を飲まされ保存食を食べさせられ、寝袋にしまわれた。まだ町に入る前の段階なのに。ピーちゃんは小さな体で奈緒を守るように、寝袋の上に鎮座している。

祈りで力を使い果たしたようで、奈緒には動く力も残っていない。座りっぱなしだったせいか足の感覚はほとんどなくなっていた。

「ねえ、夜になると魔物が活発化したりしない？　魔獣とかもいたりするんじゃないの？」

するとエヴァがきりりと表情を引き締める。

「大丈夫です。トリスタン様は国一番の魔法騎士です。相手が魔獣でも決して引けをとったりしません。あ、もちろんミハエル様も強いです」

「ふふふ、エヴァもね。じゃあ、ごめん、少しだけ寝かせてもらうね。でも途中で絶対に起こして。エヴァも寝なくちゃ体がもたないよ……」

しゃべりながらも奈緒は泥のような眠りに落ちていった。


助けを求める大勢の人の声を聞いた気がする。

奈緒は目を覚ました。

「目が覚めたか？」

綺麗なアレキサンドライトの瞳が目に入る。

「トリスタン？　無事だったの？　皆は？」

「大丈夫、一番無事ではないのは君だよ」

奈緒は体を起こそうとしたが、ふらついた。その時奈緒は今自分がベッドの上にいることに気づいた。

「ここは、どこ？」

「ナオ、まだ、寝ているんだ。状況が気になるだろうから、説明する。まずはこれを飲んで」

トリスタンがグラスに水を持ってきてくれたので奈緒は飲み干した。

「私、町の中にいるの？　これ、もしかして貴重な水だったんじゃない？」

奈緒はそのことに気づいて青ざめる。しかもここは屋外ではなく屋内だ。奈緒は町の中にいるのだろう。

「だとしても聖女が倒れてはどうにもならない。町に着いた時、もう魔獣や魔物に荒らされた後だった」

「町の人々はどうしたの？」

「神殿に避難させた。ナオは今神殿の地下の一室にいる」

いつの間にか運ばれて、奈緒はベッドに寝かされていたようだ。

「こんなことって……、私どうしたら」

間に合わなかったと思うと、奈緒の胸は張り裂けそうになった。

「何を言っているんだ、ナオ。君が浄化したから、僕たちはここに来られたし、町の人々を誘導して避難させることもできた。そして、聖女である君が神殿にいることで、ここが聖域となり、町の人たちを守っている」

「え？　そんなことある？　私、何もしてないよ？」

奈緒は打って変わってキョトンとした。

「そう、これからも何もしなくていい。力が回復するまでは、危険だ。まず食事をきちんと取って十分な静養をしてくれ。君がいなければ、聖女と神殿がつくるこの聖域は維持できない」

「わかった」

奈緒はトリスタンの言葉に頷いた。今はトリスタンの言うことを信じるしかない。

実は仲間の中で、一番感情を読みにくいのが、トリスタンなのだ。彼が相手では、今の状況がどれほど切迫しているのかがわからない。

取り立てて無口というわけではなく、かといって表情がないわけでもなく、彼はたいてい微笑んでいる。

エヴァとミハエルたちの表情が豊かなぶん、トリスタンはわかりにくい。

最初、奈緒はトリスタンのことを表も裏もなく、ただただ明るく気さくでコミュ力の高い人だと思っていた。だから、きっとこういう人には悩みなんてないんだろう、あったとしても自分でさらっと解決できるのだろうと勝手に考えていた。

トリスタンはいつも奈緒を支えてくれて、時には奈緒が育った家庭の問題まで聞いてくれたこともあり、常に寄り添ってくれる。それに比べ、奈緒は今まで彼を知ろうとしただろうか。

今になって彼が内面にどんな感情を隠しているのか気になってしまう。

強いから、感情が揺らがないのだろうか。

（でも、人の心に自然と寄り添える人が、悩んだことがないなんてあるはずないのに……。

ずっと一緒にいたのに、私は彼を知ろうとしなかった）
そんなことをつらつらと考えているうちに、奈緒は再び眠りについてしまった。
二、三日同じような日々が続いただろうか。

◇

《聖女ナオよ》
「その声はピーちゃんね」
目を開くと白い空間にピーちゃんがぽつねんといる。
《われもついうっかり、瘴気にやられてしまったが、回復した。ナオに力を貸そう》
「え？　ピーちゃん、大丈夫？　無理してない？」
《大丈夫だ。ナオが死なない以上、われも力を失うことはないのじゃ。なにせわれは聖獣だからな！　何かあれば、長きにわたる眠りにつくだけじゃ》
最近、さらに丸っこくなって、シマエナガのようなフォルムになったピーちゃんが得意そうに胸を反らす。
「せいじゅう？　よくわかんないけど。かっこいいね。二人で頑張ろう！」
奈緒は夢の中で拳を上げた。

◇

「ピーッ！」

ピーちゃんの鳴き声で奈緒は今度こそ覚醒した。

ベッドの上に、むっくりと起き上がる。めまいも吐き気もすでに治まっていた。

するとそこには椅子に座ったまま眠ってしまっている、トリスタンがいた。長いまつ毛が影を落としている。彼はずっと奈緒のそばにいてくれたようだ。

そんな隙だらけなトリスタンの姿を見たのは初めてで、奈緒はドキリとすると同時に、胸が痛んだ。

（トリスタン、すごく疲れてる。無理して、私を守ってくれているのかもしれない。町に魔獣や魔物が出たということは怪我人も出たわけで、皆が聖女の治癒を望んでいるはず）

奈緒が回復するまで、トリスタンがその防波堤となってくれていたのだろう。

「よし、やるよ。ピーちゃん！」

奈緒はなんとなくベッドの上に正座してしまう。

そして祈り始めた。

いつもは巡礼の仲間の姿が浮かぶのに、今回はまるで光に包まれたようにふわふわと体が浮いているような感じがした。

驚いて目を開けると、奈緒は天井を突き抜け、するすると上昇していった。それなのに不思議と恐怖感はない。

（これって……、もしかして幽体離脱？）

気づけば、奈緒は空の上から町を俯瞰《ふかん》していた。外は夜の闇に包まれているのに、奈緒には、昼日中のように町の様子がはっきりと見える。

無残にも魔物に破壊された痕跡が残る人家がいくつもあり、奈緒は痛みと失望を覚える。

（私の祈りが、届かなかったの？）

奈緒の足元はるか下、町の中央に神殿だけが無傷で建っているのを見て、ぶるりと震えた。

（私が眠っている間に、いったい何があったの？）

不安を感じたが、すぐそばに姿は見えなくともピーちゃんの存在を感じて、奈緒は少しだけ勇気づけられた。

《聖女ナオよ！　怖気《おじけ》づくでない！　町はやがて再生する。今は人々の命を守るのじゃ！》

ピーちゃんの言葉を受けて、奈緒は目を凝らして再び眼下を見る。町の中にはうじゃうじゃと大小の魔物が蠢いていた。それがずるずると体を引きずりながら、神殿に四方八方から近づいてくる。

今の神殿は微弱な光を放っているだけで、魔物の侵入を防ぐことは到底できないだろう。

「そうか……、だから、私は目覚めさせられたんだ」

その時、何かとてつもなく、上位な存在が奈緒の心に入り込んできたのがわかった。

『聖女としての使命を果たせ』

言葉がすっと頭の中に流れ込んできて、奈緒の意識に自然となじむ。

奈緒に迷いはなかった。

心は今までにないほど、澄みきっている。

やるべきことはただひとつ。

「消えなさい！　そして闇に戻りなさい！　ここはお前たちが存在していい世界ではない」

その瞬間、奈緒を中心とした町全域がカッと光を放った。

奈緒の意識は光に溶け込むように徐々に薄れていった。意識が完全に消える瞬間、奈緒は歴代聖女たちの姿を見た気がした。

（私は彼女たちの強い願いを受け入れたんだ……）


「ナオ！　ナオ！」

また、体を揺さぶられる。

瞼《まぶた》がとっても重いのに、必死の叫びに応え奈緒は目を開けた。目の前にはトリスタンがいて、奈緒は神殿のベッドの上で、正座から崩れ落ちたような姿勢で突っ伏していたようだ。

「また聖女の力を使ったのか？　ダメだと言ったじゃないか！」

こんな焦った顔をするトリスタンを初めて見たので、奈緒はキョトンとしてしまう。

（たぶんあれは幽体離脱だから、私は神殿から……いや、ベッドから一歩も出ていないはず）

「なんで、わかったの？」

「六芒星の魔法陣が現れてナオの体が光ったんだ」

「そっか、そうだよね」

奈緒は納得したが、トリスタンは首を振る。

「いや、ナオを責めるべきではないな。僕が寝てしまったからだね」

そんなふうに言って、トリスタンは悔しそうに髪をかき上げる。

「トリスタンって、いまいち何考えているのかわかんなかったけど、すっごく自分に厳しい人なんだね」

トリスタンは驚いたように目を見開いた。

「なんで、そんなふうに思うんだ。というか僕のことをそんなふうに思っていたのか？」

「ポーカーフェイスってやつ？」

「……」

「あのね。私はもう大丈夫。ピーちゃんがたくさん力を貸してくれたから。それから、ありがとう、トリスタン。私を守ってくれて」

ピーちゃんが「ピーッ」と元気に鳴く。

「ナオを守ることは当然のことだ。それより、ナオ。小さな鳥だから、信じがたいのだが。もしかして、それ聖獣ではないのか？」

「せいじゅうって何？　昨日の夢でピーちゃんも言ってたけど」

奈緒が首をかしげる。

「聖獣とは聖女の前に現れる、聖なる力を宿した存在だ。本当はドラゴンに匹敵するほど大きいはずなんだが、こいつは小さい」

「何言ってんの、トリスタン。この子、王都を出る時道端に落ちていたんだよ。馬車にひかれたら、かわいそうだと思って保護したの」

そんな偶然があるわけがないと奈緒は思う。

「夢の中に出てきて、温泉の位置を教えたり、魔法を無詠唱で使えたりするなんて普通じゃないだろう？　皆はまだ、ナオの夢だと思っているようだが、この小鳥は聖獣かもしれない。しばらくの間、僕と君の間で秘密にしておこう」

「どうして、エヴァにもミハエルにも言ってはダメなの？」

「彼らは正直すぎるし、感情が顔に出やすい」

「なるほど！」

奈緒は納得した。

「ナオ一人なら、どうにかかばえるから」

「それって、聖獣が公になるとまずいことになるってこと？」

「今の状況では非常にまずいことになる。ナオは王宮が好きか？」

「王宮も王子も嫌い」

「なら……黙っていようか」

奈緒はトリスタンの言葉に一も二もなく頷いた。

「ピーちゃん、今度は私が守ってあげるからね」

ピーちゃんはさえずり、奈緒の頭でぱたぱたと羽ばたいた。


翌朝から、奈緒は町の人たちに治癒を施した。

驚いたことに、ここでは聖女ミレイの名を出す者は一人としていなかった。

その代わり、奈緒は今までにないくらい皆から感謝されて驚いた。

ほとんど聞くことのなかった「ありがとう」という言葉がたくさん聞けて嬉しいと感じるよりも、やっと役目をきちんと果たせたんだと、肩の荷が下りた気がした。

その日、奈緒はミハエルと共に神殿にある水晶の間にいた。トリスタンとエヴァは今町の見回りに出ている。

「ほら、ナオ様、ここですよ。この水晶が濁って機能しなかったんです。ナオ様のおかげで浄化されました」

ミハエルが指さす水晶は今では綺麗に透き通っている。

「これで王都の大神殿から、各町や村の神殿に通達がいっていたんですね。水晶が瘴気にあてられて機能しなかったから、この町の人たちは聖女ミレイの存在を知らなかった」

改めて魔法の力はすごいと奈緒は思った。

「それだけはよかったのかな？」

「はい、今回はこっち関係のトラブルがなくてほっとしました。町や村に入るたびに代理だの偽だの多かれ少なかれお決まりの騒動がありましたからね」

ミハエルの言葉に奈緒はかぶりを振る。

「騒動がないのはよかったけど。私が寝ている間、大変だったでしょ。町の人たちを避難させたり、魔獣や魔物を退治したり。ミハエルもありがとうございます」

「いやあ、それほどでも」

ミハエルは首を振る。しかし、奈緒は治癒がてら、町の人々から彼らの武勇伝を聞いていた。

「大変だったのはトリスタンです」

「うん、それも知ってる。トリスタンが私の元に殺到しようとする人を止めてくれてたんだよね。だから、いつも私の部屋にトリスタンがいたんでしょ？　そのおかげで私は力を回復できた」

　ミハエルが頭をかく。

「はい、トリスタンにはとんでもない役目を担わせてしまいました。それに我々が退治したのは魔物で、魔獣の討伐はトリスタンの独壇場でした」

「私は三人に感謝しています。それに皆が町の人たちに好かれていてよかった」

　ミハエルの顔が自然とほころんだ。

「たくさん討伐しましたからね」

「すごかったって、町の子供たちから聞きました。皆が目を輝かせて話してくれたんです」

　二人が和やかに話していると、水晶が光った。

　何事かと思えば、奈緒に対する王都帰還命令と、聖女の力を美玲に返すようにとの通達だった。

　奈緒の巡礼の旅は、ここで終わりを告げた。

第十一話　私の力を返して

通達がきた翌日、奈緒の元へ迎えの馬車と護衛の騎士が到着した。

町の人たちと交流できたのも束の間、奈緒だけ先に王都に発つことになった。

ここで旅の仲間とはお別れだ。

エヴァもミハエルもトリスタンも後から王都に行くと約束してくれた。

それなのに、奈緒はなぜか涙が止まらなくて、エヴァと抱き合って泣き、再会を約束したのだった。


王都へ向かう帰路は驚くほど速かった。

約四か月かけて、時には道なき道を行き、村や町へ巡礼に訪れたのに、帰りは街道を使って一路王都へ向かった。

馬を替え、夜通し馬車を走らせた日もあり、十日もかからずに王都に到着した。なぜこれほど、奈緒の帰還を急いているのかは謎だ。

森が開けた先に王都の大きな城壁が見えてきた。その時、奈緒はぞくりとした。懐にいるピーちゃんももぞりと身じろぎする。

（これは……瘴気？　お姉ちゃんが王都で祈りを捧げていたのではないの？）

感じたのは一瞬で、まさかとは思いつつも、染みついた習慣から奈緒は胸の前で手を合わせ、祈りを捧げた。


その間に、馬車は城壁内に入り、大通りを進むと王宮の敷地内に入り、隣にある大神殿に進んでいく。

先ほど感じた瘴気は消えていた。たぶん奈緒が仲間と離れて神経質になっていただけなのだろうと奈緒は思った。

「まずはお姉ちゃんに聖女の力を返すってことね」

奈緒はうんざりした。

最初は美玲の喘息のこともあり、かなり負い目を感じていたから、力を返すことは当然のことだと思っていた。だが、今は喘息の話が嘘だったと知っている。

聖女の力は、巡礼の旅でどんどん強くなっていったのに、それを返せというのも身勝手だと思う。

ミハエルは忠告してくれたし、トリスタンも手放すなと言っていたことを思い出す。しかし、ここまできてしまったら、奈緒の一存で決められることではないのだろう。

巡礼の旅は大変だったけれど、仲間と過ごす日々は楽しかった。だが、聖女が奈緒に合っているとは思えない。たいていどこの町村でも奈緒はなめられて、ミハエルやトリスタンが苦労していた。奈緒に威厳がないせいで仲間にいらぬ世話をかけてしまう。

（まあ、元をたどれば、お姉ちゃんの力だしね）

何より、美玲を両親の元へ返さなければならない。そのためには美玲に会う必要がある。

その間、ピーちゃんはというと、珍しく奈緒の懐に潜んでいておとなしくしていた。

王都から騎士たちが迎えに来てからというもの、夢に出てくることもなく、さえずることもない。

最初は具合が悪いのかと思って心配したが、どうやら騎士たちに見つかることを警戒しているようだ。

奈緒がこっそりパンくずなどをやると喜んで食べるし、ふくふくと順調に育っている。

「ピーちゃん、このままじゃ、私の懐に隠れていられなくなるかもね」

「ピッ」

それは困るというようにピーちゃんが小さく鳴き声をあげる。

本当に利口な小鳥だ。

奈緒はトリスタンから、ピーちゃんが聖獣だという話を絶対にしないようにと釘《くぎ》を刺されている。

（ピーちゃんは本当に聖獣なのかな？）

美玲に聖女の力を返したとしても、ピーちゃんは奈緒の大切な相棒だ。美玲に取られるわけにはいかない。

奈緒がそう決心した時、馬車がぴたりと止まる。

「聖女代理、着きました。馬車から降りてください」

冷たい声で護衛騎士に告げられる。

指示通りに降りると、目の前に立派な大神殿があった。あの時は周りを見る余裕がなかったけど、今の奈緒は円柱の太い柱を見て思う。

（なんかパルテノン大神殿っぽい。とはいっても似ているのは柱だけだけど……）

壮麗な石造りの外観を見上げながら、案内に出てきた神官について中へと入る。

長い回廊を歩き水晶の間に着いた。

そこには久しぶりに会う美玲とエクターの姿があった。

美玲は以前に会った時と雰囲気が違っていて驚いた。聖女服を着て、派手な化粧や宝石で飾っているが、黒髪に艶がなく、肌が少しくすんで見える。

そしてエクターは相変わらず尊大な態度で、奈緒にごみを見るような視線を向ける。

あと一人、見覚えのない四十代くらいの派手なドレスを着た貴族っぽい女性がいる。

（誰？）

奈緒は心の中で首をかしげる。

「まあ、これが聖女代理、ずいぶんとみすぼらしいのね」

「仕方がないですよ。母上、聖女ミレイの代理ですから」

エクターが女性に向かって母上と言っているので、彼女がこの国の王妃だとわかった。

（「ご苦労さま」くらい言えないのかな）

奈緒はこのギスギスした雰囲気に、早くも旅の仲間が恋しくなった。

「まあ、いいわ。さっさと力の譲渡を済ませてちょうだい。だいたい私が立ち会う必要があったのかしら？」

王妃はいかにも面倒くさそうな様子だ。

「ええ、母上にはこの国の王妃として証人になっていただきます」

「ではさっさと始めて」

王妃の言葉で美玲が奈緒の前に来る。

美玲は奈緒の顔を間近で覗き込むと、突然笑いだした。

「やだ、奈緒。眼鏡かけてないけど、どうしちゃったの？　それにすっごい疲れてるじゃない。顔汚れてるから、洗った方がいいよ」

奈緒は少なからず美玲の態度に腹が立った。

汚れていて当然だ。馬車は夜通し走り続け、奈緒は座ったまま眠ることもあった。食事をして体を拭くだけで精いっぱいだったのだ。

帰りを急がせたのは、ほかでもない彼らだろうに。

美玲の笑い声が耳障りで、早くこの場を去り、どこかで休みたいと奈緒は思った。

「そうだね。疲れたから早く休みたい」

疲れきってどうでもよくなってきた。

「しょうがないな。奈緒は。じゃあ、さっさと済ませましょう」

美玲が奈緒の手を取る。

久しぶりに触れる姉の手は冷たくて、奈緒はぞわりとして反射的に手を離そうとした。

「荷が重かったでしょ。お疲れさま」

美玲が強引に奈緒の手を引っ張り、ぎゅっと握りしめる。その瞬間、奈緒は力を吸い取られる感覚があった。だが、別に気分が悪くなることも、気絶することもなく譲渡はあっけなく終わる。前回とは大違いで奈緒は少々拍子抜けした。

力の譲渡が終わると、美玲はすぐに踵を返し、聖女判定の水晶に向かう。

「聖女判定の準備はできてる？　早くしてちょうだい」

美玲は控えていた神官に指示を出すと、早速水晶に手を添えた。

ほどなくして水晶が光を放ち始めた。

「成功ね」

「ミレイ、今までこんなに自分の妹に力を分け与えていたのか」

エクターの声は心配と思いやりと喜びに満ちていた。きっと美玲のことを誇らしく思っているのだろう。

「もちろん、妹には無事に帰ってきてほしかったからね。じゃあ。私は礼拝堂でサクッと祈ってくる」

美玲はエクターにそう告げる。

「私はもう外していいかしら？」

「母上、これから、聖女ミレイがこの国のために祈りを捧げてくれるのですよ。何か一言ないのですか？」

王妃は興味なさげな視線を美玲に向ける。

「そうね。聖女ミレイ、よろしく」

「王妃陛下、この聖女ミレイ、うけたまわりました」

美玲が妙に芝居がかった様子で答える姿を、疲れきった奈緒はぼうっと見ていた。

王妃が用は済んだとばかりに、水晶の間から出ていくと、美玲は奈緒を振り返って言った。

「奈緒、あなたも試しに聖女判定受けてみない？」

にやにやと笑う美玲に、奈緒はうんざりしたように首を振る。

「やめとく。それより、後でお姉ちゃんと話がしたい」

奈緒は正直な気持ちを告げた。

「もちろん楽しみにしているよ、奈緒。エクター、妹のことお願いできる」

「ああ、ミレイは礼拝堂に行くといい。後の手配は私がやっておく」

「うん、よろしく。じゃあね、奈緒、また後で話そう」

美玲はドレスの裾を翻し、颯爽《さっそう》と去っていった。

後に残されたエクターは、奈緒に冷たい一瞥《いちべつ》をよこすと、吐き捨てるように言う。

「貴様のせいで、ミレイがどれほど苦しんだか」

エクターは護衛騎士に顎をしゃくると不機嫌な様子で部屋から出ていった。

奈緒の元に一人の騎士が近づいてくる。

「これは巡礼の報奨金だ。これを持って好きなところへ行くがいい」

騎士は奈緒に麻袋を突きつける。

「え？　お姉ちゃんとは、もう話せないんですか？」

奈緒は唖然とした。

「無礼者！　聖女ミレイ様だ」

騎士から怒鳴りつけられたが、無礼な対応には巡礼の旅のおかげで耐性ができていた。

（怒鳴らなくても聞こえているわよ）

奈緒もこの国に慣れ、口に出していいことと悪いことの分別はついている。巡礼から戻った途端、不敬罪で捕まりたくはないので、文句は心の中だけにとどめておいた。

本来なら、美玲と異世界から元の世界に帰る方法について話し合いたいところが、それは無理そうだと、早々にあきらめた。

それに、今の奈緒には最優先することがあった。ピーちゃんが先ほどからずっと、奈緒の懐で小さくなってぷるぷるしている。まるでこの場を嫌がっているようだ。

（お役御免になったのなら、さっさと大神殿から出よう。ピーちゃんは、十日間近くも馬車でおとなしくしてたもんね）

「ピーちゃん、もうちょっとの辛抱だよ。狭くてごめんね」

小声でピーちゃんに囁いてから、奈緒は騎士から麻袋を受け取ると、恐る恐る中を覗く。

安めの宿で、一か月程度過ごせるくらいの金額しかない。

（巡礼の旅もほぼ自給自足で、報奨金もこれって。マジやばいな、この国）

奈緒は白目になった。

百歩譲ってエクターが奈緒を嫌いなのはわかる。だが、巡礼をきちんと終えた相手にこの扱いはないと思う。

（せめて住むところとか、宿とか用意できないのかな？）

奈緒は騎士に促され、大神殿から追い立てられるように外に出た。

ほぼ四か月ぶりの城下町に出た。

どこからか肉を焼く香ばしい匂いが漂ってくる。奈緒は匂いに導かれるようにふらふらと歩を進める。

旅の間、食事も最小限だったのでお腹はペコペコだった。

懐からピーちゃんが飛び出して嬉しそうにさえずる。

「ふふふ、まあ、いいか、私には相棒のピーちゃんがいるし。お腹すいたからまずはお肉食べよう！」

王都への帰還の馬車の中では、仲間と離れた心細さと寂しさでいっぱいだった。

城で姉に力の譲渡を済ませた瞬間エクターに城から追い払われた今は、寂しいというより、少しの腹立たしさと解放感がない交ぜになっていた。

「なんかちょっと腹立たしいけど。エクターの顔を見なくて済むと思うと、むしろすがすがしいかも……」

再び奈緒の中で、仲間と離れた寂しさは押し寄せてくるだろう。だが今はふっと肩の力が抜けた気がした。

（私、けっこう頑張って聖女代理やっていたんだなあ。ちょっと重荷だったみたい。とりあえず、今は食べて休んで、後のことはそれから考えよう）

奈緒は気持ちを切り替えると、まずは串焼き肉を売る屋台に走った。

広場にある噴水のほとりに腰をかけると、ピーちゃんと一緒に串焼き肉を食べ、果実水を飲む。

家族連れにカップルに、物売り、露天商。王都は活気に満ちて賑《にぎ》やかだ。

「まさか、ファンタジーの世界が私の現実になるとはね」

ふと思いついて、ちょっと魔法を試してみる。指先に意識を集中すると難なく炎がついた。

（やった！　聖女の力は譲渡しても、魔法はそのままだ。きっとピーちゃんのおかげだね）

お腹がいっぱいになると、奈緒は気持ちのいい風に体を委ね、ぼうっと午後のひとときを過ごした。

ほんの少しの寂しさと、解放感の中で。


十日近く馬車に揺られていたので、まだ揺られている気がする。今夜はゆっくりとベッドに体を横たえたい。

それにしても、巡礼の旅はあちこちの町や村に寄ったのでずいぶん時間がかかったが、実際には王都からそれほど遠く離れていなかったのが不思議だった。街道を一直線に走れば、十日もかからない場所にいたのだから。

日が暮れる前に、奈緒は宿屋を探すことにした。

ほどなくして比較的安く清潔そうな宿を見つけ、今夜はそこへ泊まることに決める。もし、泊まり心地がよければ常宿にしてもいい。

宿帳に名前を記す時、奈緒の手はぴたりと止まる。『ナオ』という名前はこの世界では変わっているようだ。

(奈緒って日本人っぽい名前だよね)

悩んだあげく、エヴァの名前を借りる。彼女がエヴァはよくある名前だと言っていたのを思い出したのだ。

なぜ、自分でもそう思ったのかわからないが、偽名を使った方がいい気がした。

旅でずっと使っていた、フード付きのローブで目立つ髪色を隠す。この世界で黒髪は珍しい。そして奈緒の瞳は都合のいいことに、美玲ほど黒くなく、日本人には珍しい薄茶だ。案の定、宿の受付の男は奈緒に注意を払うこともなく、鍵を投げてよこした。

(ごめん、エヴァ。あなたの名前を借りるね)

奈緒は一階の食堂で、ピーちゃんと分け合いながら一番安いオイスターパイを食べる。夜も更けてきたので、酔漢に絡まれる前に一階の食堂から二階の部屋へと引き上げた。

さっと体を拭くと、すぐにベッドに横になる。

(ベッドで眠れるって幸せ。もう、しばらく馬車には乗りたくない)

心細さより疲れがまさったのか、奈緒はいつの間にか眠りに落ちていた。

◇

《聖女ナオよ。われじゃ》
見慣れた真っ白な空間にピーちゃんが鎮座ましましていた。
「ピーちゃん！　嬉しいよ。今日夢に出てきてくれて。馬車の中で窮屈じゃなかった？」
《まったく、ナオは気楽じゃのう》
ピーちゃんがあきれたように羽をパタつかせる。
「私にはピーちゃんがいるからね。そうだ、ピーちゃん。私はもう聖女じゃないよ。ただの奈緒だよ」
《そんなわけあるか！　聖女を引退できるわけがなかろう》
すかさずピーちゃんの突っ込みが入る。
「えっ！　聖女って終身なの？　お姉ちゃんに力を返しちゃったのに？」
ピーちゃんがため息をつく。
《ふうむ。まあ、面倒な説明はいらんじゃろう。そのうち自覚する。そんなことより、もうすぐ、ナオを捜しに来る者たちがいる》
「誰だろう？　エヴァとかトリスタンとか、ミハエルだったら嬉しいなあ。今頃どうしているだろう。突然のあわただしい別れだったから、元気にしてるといいなあ。でも無理か、遠いものね」

トリスタンに自分の住む領に来ないかと誘われた時は嬉しかったけれど、悲しいかな聖女の力のない今の自分は、彼にとって必要な人間なのかどうかと考えてしまう。

それにトリスタンがどこの領の人かもわからない。エヴァもついてきてくれると言っていたが、なにしろ今の奈緒にはお金がない。

《先走るな、ナオよ。よこしまな者と、正しき者がお前を捜しに来る。どちらにつくか見誤らないように。必ず明日、宿を変えるのじゃ。絶対に本名を名乗るのではないぞ》

「よこしまな者？　誰だろう？　ピーちゃんがそう言うなら、十分気をつけるね。そうだ。報奨金じゃお金足りないから、働こうと思っているんだよね。まずは王都で働いてお金をためて旅に出ようかと考えてる。食堂とかで雇ってもらえないかなあ。料理の腕、けっこう上がったと思うんだよね」

何より、笑顔で『美味しい』と誰かに言ってもらえることが嬉しい。日浦家の人たちは誰もそんなことは言ってくれなかった。もう一味足りないとか、甘すぎる、しょっぱい、せっかく作っても文句ばかり言われた。巡礼の仲間たちはどんなものも感謝して食べていた。奈緒はそんな彼らの姿を見て、食べることの大切さと神聖さを学んだ気がする。今思うと貴重な体験だった。

《聖女ナオよ。今はあまり歩き回るでない。できるだけ身を隠しておれ。そして職探しはやめておくのじゃ》
「え？　自由になったのに？」
その時ピーちゃんが、一声大きく鳴いた。

◇

奈緒はいつものように、そこで目覚めた。

明るい朝日がカーテン越しに差している。

さっとカーテンを開けて窓を開くと、通りに軒を連ねる商店が客で賑わう様子や、町の人々が行き交う姿が見える。

それだけで奈緒は、浮き浮きしてきた。

「すっごい、お散歩日和じゃない！　宿で過ごすなんてもったいないよ。ピーちゃん少しだけお散歩行こう！　次の宿も探さなきゃならないし」

奈緒は早速水がめの水で顔を洗って口をすすぎ、身支度を整える。

いつものようにローブを羽織り、フードを目深にかぶると一階の食堂へ下りていった。

今さらだが、奈緒は自分がずっと聖女服を着ていることに気がついた。

そのうえ、突然最終の巡礼地から連れ出されたので奈緒の荷物はほとんどない。

宿屋をチェックアウトした後、安い店を探し、最低限の生活必需品を買う。

洋服は替えの一枚しかないので、買おうかどうか迷ったが、結局一揃え買った。ただし男性物である。

「一人だし、私は戦えないし、一応女子だし、用心するに越したことはないよね。でもこの聖女服どうしよう？」

奈緒は人目を避けて公園でささっと着替えた。

その後、手痛い出費だったが、奈緒はこの国に多い茶髪のウイッグを買う。毛が短いものなので、奈緒は男の子のように見えた。

「別人みたい」

奈緒は再び公園に戻り、池に自分の顔を映す。

懐は少し寂しくなったが、買い物は大成功だ。

それから奈緒は再び屋台で昼食を済ませて、公園でピーちゃんと遊ぶ。露店で美味しそうな焼き菓子を買い、日が暮れてきたら今夜の宿を探す。

「ねえピーちゃん、なんか私、ニートみたいな生活をしているよ」

街路を歩きながら、奈緒はそんなことをピーちゃんに小声で囁いた。だが、ピーちゃんは働き口を探してはダメとばかりにさえずり首を振る。

旅の間は仲間の前で、ピーちゃんに普通に声をかけていたが、さすがに町中でそれをやるとおかしな人として目立ってしまうので、奈緒は控えていた。

それは別として、奈緒は大きな問題に気づいた。通行証がなければ奈緒は城門を抜けられない。このままでは王都から出られないということだ。それはそれで、エクターの手のひらの上にいるようで嫌だ。

「厄介払いするなら、お金と一緒に通行証もくれればよかったのに」

幸い宿屋は王都の中心地に密集しているので、探すのにそれほど時間はかからない。

奈緒は宿屋の中をちらりと覗き、小綺麗そうなところを選ぶ。

「今夜はここかな？　偽名は何にしよう？　エヴァは昨日使わせてもらったし、今日は男装だからなあ」

奈緒が宿屋に入り、受付に向かおうとすると、突然数人の騎士が宿屋に入ってきて奈緒にぶつかった。体重の軽い奈緒はあっさり突き飛ばされてしまう。

「痛っ。まったくどうなってんのよ。ピーちゃん大丈夫だった？」

彼らは奈緒にぶつかったのに謝りもせず、宿屋の主人に迫る。

「ここにナオという名の娘は泊まっていないか？　黒髪でやせた十四、五歳に見える小娘だ」

奈緒の心臓は止まりそうになった。

（ええ？　なんで私のこと捜しているの？　しかも見つかったら、投獄されそうな勢いじゃない！　それに私、十七歳だって）

奈緒はそそくさと宿屋を出て、来た道を戻る。その間も町の中を多くの騎士たちがうろうろしていて、あちこちの店先で、「ナオという珍しい黒髪の小娘を見なかったか」と聞いて回っていた。

いずれも奈緒を血眼《ちまなこ》になって捜している様子に、奈緒は不安でいっぱいになる。

「これってただごとじゃないよね？」

奈緒は懐にピーちゃんを入れて、路地裏のごみ箱の隅に隠れていた。

「やだ、もう大っ嫌い。騎士も王子もお姉ちゃんも、いったいなんだっていうの？」

しゃがみ込んだまま、奈緒は小声でピーちゃんに愚痴をこぼす。

「そこまで嫌われると、魔法騎士として僕は切ないな」

そんな言葉が降ってきて驚いて上を見る。

「へ？　トリスタン？」

誰もいないと思っていた路地裏にトリスタンが一人たたずんでいた。奈緒は立ち上がり、トリスタンに駆け寄ろうとしたところで足を止める。彼がこの国の騎士服を着ていたからだ。それに気づいた奈緒はパニックになり、反射的に逃げ出した。

「ちょっと待った！　なんで僕から逃げるの？　ひどいな、ナオ。仲間だろ？」

そう言ってトリスタンは奈緒の襟首をつかむ。

「じゃあ、なんでそんな雑なつかまえ方するの？」

恨みがましい目でトリスタンを見る。

「ごめん。君がすごい勢いで逃げそうだったから、ナオは意外にすばしっこいから見つけ出すのが大変だった」

「なんで捜してたの？　私、指名手配されてるとか？」

「ああ、あの騎士たちか、物々しい様子だけど、指名手配ではないから大丈夫。とりあえず一緒においで」

「ちょっと待って。変装しているのに、どうして私だってわかったの？」

「そのローブ買い替えてないでしょ？」

奈緒はぎくりとする。

「嘘、これってどこにでも売っているやつだよ」

とっさに奈緒が言い返すと、トリスタンがクスリと笑う。

「後ろ姿と、歩き方かな。こればっかりは変えられないよ。とにかく、王都から出してあげるからおいで」

「トリスタンは、どこから私の後をつけてたの？」

「さっき宿屋からナオが飛び出してきた時から。周りに騎士がいっぱいいたから、声をかけるタイミングを見計らってた。ナオはもっとぽやっとしているかと思っていたけど、想像以上に賢くて捜すのに手間取ったよ。男装とはよく考えたね」

こうなったら、トリスタンを信用するしかない。

トリスタンに手を引かれて路地裏から出る。

すると立派な箱馬車が止まっていた。なにやら複雑な紋章まで入っている。

「ねえ、どう見ても王宮に向かうような立派な馬車なんだけど？」

奈緒は切なくなって泣きそうになる。

「さすがに怒るよ。ナオはそこまで僕のことが信用できないのかい？」

声は低く静かなのに、トリスタンが怒っているのが伝わってくる。アレキサンドライトの瞳がきらきらと光った。

「わかった。トリスタン、ごめんて」

奈緒はトリスタンに手を取られ、おとなしく馬車に乗る。

すると立派な馬車の中には大きな衣装ケースが置いてあった。

「ナオ、城門を抜けるまでこの中に入って」

「ふぇえ！　でもピーちゃんは無理だよ」

「え？　ピーちゃん、まだ君と一緒にいるのかい？　聖女の力をミレイに譲渡したんじゃないのか？」

「譲渡したよ？　でも、聖女の力がなくたって、ピーちゃんが私を見捨てるわけないじゃない」

奈緒が自慢するようにピーちゃんを懐から出す。

「……僕も君を見捨てた覚えはないけど。こうして助けに来てるし」

珍しくトリスタンが恨みがましそうな目で奈緒を見る。

「ごめん、ありがとう。トリスタン」

奈緒はちょっと反省した。巡礼の旅が終わったら、王国の魔法騎士であるトリスタンとはお別れするような気がしていたのだ。

「ではピーちゃんは僕が預かる。その衣装箱には、空気穴はあるから安心してくれ」

トリスタンが目の前にいるという実感が湧かないくらい急展開だ。

奈緒はささっとトリスタンに衣装ケースの中にしまわれて、上から衣装が置かれ、完全に擬態させられた。

ぱたんとケースの蓋が閉まると馬車の揺れが伝わるのみで、しんとしている。

城門に着いたのか、人の話し声が聞こえるが、声がくぐもっていて何を言っているのかわからない。

奈緒は馬車の揺れに合わせるように、眠ってしまった。


「ナオ」

呼ばれて目を覚ますと、奈緒は木漏れ日の下にいた。

そして衣装ケースの中ではなく、寝袋の中にいる。明らかに森の中だ。

「ええっと、トリスタン。ここはどこ？」

奈緒が体を起こして寝袋からはい出すと、ピーちゃんが早速奈緒の肩にとまる。

「今、街道を北上している途中だ」

「そうじゃなくて、私、昨日馬車に乗ってなかった？」

「うん、ナオがよく寝ていたので起こさずここまで運んだんだ。まさか衣装ケースの中で丸まって寝ているとは思わなかったよ。それに夜通し馬車を走らせるのもどうかと思ってね。それではナオが疲れてしまうだろう？」

トリスタンの温かい心遣いと眼差しに奈緒は胸がじんと熱くなる。

「今まで不安でよく眠れなかったみたい。トリスタンの顔を見たら、安心したのかな。それで、これからどうするの？　逃がしてもらっておいてなんだけど、トリスタンは王国の魔法騎士だからこんなことしたらまずいんじゃない」

奈緒の中で疑問が湧き上がる。

ピーちゃんはというと嬉しそうに、奈緒とトリスタンの周りをひらひらと旋回している。そういえばピーちゃんはトリスタンが好きだ。旅の途中でもよく餌付けされていた。

「別にまずくはないけど、面倒なことにはなるね」

「だよね？　で、結局私はこれからどうなるの？」

「どうなるも何も、ナオは忘れちゃったのかい？　巡礼が終わったら、僕の住む領に来るって約束したじゃないか」

「うん、そう言ってもらえた時は嬉しかった」

奈緒は素直に頷いた。

「よかった。僕も嬉しいよ、無事に約束を果たせそうだ。ナオ、今から一緒に僕の住む領に行こう」

トリスタンの一言で、一気に気持ちが明るくなる。

「ありがとう、トリスタン！　私どうしようかと思ったよ。なぜか王都でお尋ね者みたいになっているし。何があったのか知ってる？　私、ちゃんとお姉ちゃんに力を譲渡したから問題ないはずなんだけどなぁ」

首をかしげた奈緒の頭に、トリスタンがポンと手を置く。彼のそのしぐさを懐かしく感じた。

「うん、なんでもミレイが君を捜しているらしいよ」

「なんで？」

意外な話に奈緒は目を瞬いた。

「突然出ていったから、ということになっている」

「私は王太子に報奨金を渡されて、城から追い払われたんだけど？」

奈緒が懐から王太子にもらった麻袋を出す。

それを開けて中身を見たトリスタンが「しょぼいな」とあきれ果てたように言う。

「どうやら、君の姉と王太子の間に、行き違いがあったようだ」

「じゃあ、お姉ちゃんは私に会いたいってこと？　もしかして、元の世界に戻る方法が見つかったとか？」

トリスタンは首を振る。

「そんな話は聞いていないよ。それよりナオは男装までして、王都で何をするつもりだったんだ」

奈緒は改めて自分の男装を見る。

「女子の一人旅って危ないじゃない。私は戦えるわけでもないし。だから男装することにしたの。それに黒髪は目立つでしょ。どこか食堂で雇ってもらうつもりだったんだけど、ピーちゃんが働くのはダメだって言うし」

「ピーちゃんに言われたのか？　また夢の中で？」

奈緒はこくりと頷いた。

「夢に出てきて正しき者が捜しに来るから待ってろって。今機嫌よく飛び回っているから。トリスタンのことだったのよね」

「君はピーちゃん基準で、ものを考えているのか」

トリスタンが苦笑する。

「ピーちゃんってね。私が悩んでいたり、困っていたりすると、時々夢に出てきて教えてくれるの。そのおかげで魔法も使えるようになったし」

「ナオ、あれは恐らく魔法ではない」

「え？　じゃあ、何」

「精霊の加護だ。ナオ、まずこの世界の勉強から始めようか」

しかし、奈緒にはそんなことより、気になることがあった。

「わかった。で、話は戻るけど。私、トリスタンにとんでもなく迷惑かけてない？」

「全くかけてないよ。迷惑だったらわざわざナオを迎えに来るわけがないだろう？」

トリスタンがはっきりと言いきった。

「でも、私、聖女じゃないよ、お姉ちゃんに力を返したし」

「僕って、もしかしてピーちゃんより信用ない？」

そう言われると奈緒はつらい。旅の仲間は大好きだが、それぞれ仕事で奈緒についてきてくれていたわけで、彼らには本業も地位もある。

ずっと共にいてくれたピーちゃんは別格なのだ。

しかし、トリスタンが助けてくれたのは事実で。

「えっと、自分の職務を誠実にこなす人だとは思っている。信用って言われると……。でも私、トリスタンもピーちゃんも同じくらい好きだよ！」

「……」

トリスタンが「はあ」とため息をついて頭を抱える。

「トリスタン、どうかした？」

「いや、やはりピーちゃんにはかなわないのかと思って」

「え？　なんでピーちゃんと張り合うの？　ピーちゃん、トリスタンのこと大好きだよ」

「そうだね。僕もピーちゃんが大好きだよ」

トリスタンは脱力したように笑う。

「でしょ！　よかった」


その後、王都を出た時に乗った立派な馬車ではなく、普通の目立たないものに乗り換える。

トリスタンが住む、北の領地リオニアに向けて、旅を再開した。

旅の最中に、奈緒は気になっていたエヴァやミハエルの消息を聞いた。

「二人とも、あの町に残って復興を手伝っているよ。それからいったん王都に戻って報告して。リオニアで合流することになってる」

「ほんと？　また会えるの？」

奈緒は驚きに目を見開いた。

「当然だよ。二人とも王宮のやり方に怒っていたからね。僕もそれは同じだ。ナオは人がよすぎるんだ」

トリスタンが奈緒をじっと見る。

「ううっ、そだね。私がもっとしっかりしてたら、皆の立場ももっとよくなったかも」

奈緒は思わず縮こまった。

「それはない。ミレイにはこの国の王太子がついているからね。彼女のやりたいようにやれるだろう。現に王都で騎士たちを動かしていたじゃないか」

美玲も偉くなったものだと思う。やはり、美玲は家に帰る気はないのだろうか。

奈緒はため息をついた。

「困ったなあ、お父さんとお母さん、どうなっちゃうんだろう」

「それこそ、ナオには関係ないだろ」

そう言われると奈緒としてはちょっと傷ついてしまう。

「いらない方って言われて、殺されかけたんだろ？」

ぐさぐさとトリスタンの言葉が刺さる。

「そんな、追い打ちかけないでよ……」

弱々しく抗議する。

「だったら、この国で僕と一緒に暮らそう」

奈緒は思わず顔を上げた。

「トリスタンって意地悪なのか、優しいのかわからないよ」

「別にナオをいじめるつもりはない。自分を利用しようとする人間を簡単に信じるな」

「家族だから……」

「家族だからだ」

奈緒はハッとしてトリスタンを見るが、彼が鋭い目つきをしたのは一瞬で、口元は柔らかく弧を描いた。

「ええっと、トリスタンは、なんでそんなふうに考えられるの？」

「身内の方が、容赦がないってことだよ。オブラートで包むこともできるけど、それではナオに伝わらないから。君はミレイに利用されて切り捨てられたんだ」

「え」

トリスタンの言葉はあまりにも鋭すぎて、奈緒は息が止まりそうになる。

「巡礼の旅は命がけのものだ。終わった途端に、強引に君を巡礼地から連れ去って、聖女の力を奪うなど、そんな身勝手な話はないだろう」

確かにトリスタンの言う通りだ。

「しかもその後、君ははした金を渡されて城から追い出された。かつてそんなひどい扱いを受けた聖女は存在しない。そして、まだ君に利用価値があるのではないかと思い、今度は城に連れ戻そうとする」

彼が奈緒のために怒ってくれていることが、伝わってくる。

「でも、私もあの時なんか疲れちゃって、言いなりになったのも悪かったかも。場の空気にものまれちゃったし。ミハエルもトリスタンも忠告してくれたのに、簡単に力を手放しちゃって、ごめん」

奈緒の中に悔しさと、罪悪感がじわりと広がっていく。

（あの聖女の力は、旅の仲間の協力があってこそ得られたものだ。私一人のものじゃない）

「ナオのせいじゃない。ナオはあの時、大きな力を使った後なのに、無理をして町の人々の治癒に当たっていた。その後宿屋にも寄らず、馬車旅をさせたのだろう？　君の判断力を奪うためだ」

「え、まさか？」

その発想はなかったので、奈緒はびっくりした。

「自分に有利な交渉をしたい時によく使われる手だ」

美玲が自分勝手なのは知っていた。でもまさかそこまでとは思わなかった。

「言いなりになってはダメだ。それにナオがあいつらの言いなりになる義理はない」

トリスタンの声は低く淡々としているけれど、彼の手が震えているのに気がついた。

奈緒は思わず彼の手を握りしめる。

「トリスタンっていつもそう。私が怒る前に、悲しむ前に、傷つく前に手を差し伸べてくれる」

トリスタンは怒りに震えていたのだ。

「だが、結局ナオは傷ついてきた」

「トリスタンのおかげで、軽症で済んでるよ。そうだね。私、もうお姉ちゃんに振り回されたくない。迷惑でないのなら、トリスタンと一緒にいたい」

奈緒は姉の言いなりにならないと決めた。

「ナオ、迷惑なんかじゃない。これからはずっと一緒だ」

「うん、わかった。ずっと一緒だよ」

奈緒が笑顔で頷くと、しばしトリスタンは固まった。

「どうかした？」

「ううん、ナオはずっと一緒の意味がわかっているのかなと思って」

「大事な友達とか、ピーちゃんみたいな相棒ってことでしょ？」

すると突然、トリスタンが笑いだした。

「どうしたの？　トリスタン」

「いや、ナオって面白いなと思って。そうだ、海が見える場所に住みたいと言っていたよね？」

「覚えていてくれたんだ」

奈緒は心がぽかぽかと温かくなる。

「もちろんさ。でも、まずは僕の家にいた方がいい」

「え、いいの？　ご厄介になって。家族とか大丈夫？」

実はちょっと心細かったのだ。

「家族はいない」

ということは、トリスタンは一人暮らしなのだろう。何か事情がありそうだが、それは彼がおいおい話してくれるかもしれないので、今は触れないことにした。

「わかった。じゃあ、トリスタンが私を雇うっていうのはどう？」

トリスタンが大きなため息をつく。

「なんで大事な友達を雇うんだよ。ナオは大変な巡礼の旅を終えたんだから、まずはのんびり休めばいい。それからこの国のことを学んだらいいだろう？」

「そんなに、楽しちゃっていいのかな？」

それではニートだと奈緒の良心が疼《うず》く。

「いいに決まっているだろう？　勝手な事情で呼び出されて、巡礼までさせられて」

「まあ、勝手な事情で呼び出されたのはお姉ちゃんも一緒だし」

「ナオ、君はミレイの勝手な事情で、呼び出されたんだ。そのことを忘れないように」

再度トリスタンに念を押される。

「そうだよね。トリスタンのおかげで路頭に迷わなくて済んだ」

奈緒がにっこり笑うと、トリスタンがあきれたような顔をした。

王都を後にして四日目。のんびりとした馬車旅も終わりに近づき、いよいよリオニア領へと入った。

「へえ、ここがトリスタンの住む領なんだ。素敵なところだね」

奈緒は車窓にしがみついて外の景色を堪能した。

緑が多くて、道もきちんと整備されている。

やがて町が見え、その先にきらきらと光る湖と古城が見えた。実にロマンチックな雰囲気だ。

「ねえ！　トリスタンの家ってどこら辺？」

「ん？　あそこだよ」

彼は湖のほとりにある城を指す。

「お城のそばに家があるのかあ。湖もあって素敵だね」

「……ナオが嫌がるかと思って黙っていたんだけど、あの城が僕の家なんだ」

「……はい？」

奈緒は車窓から顔を離し、トリスタンをまじまじと見つめる。

「まさかトリスタンって、とっても偉い人？」

「ここの領主かな」

奈緒はあんぐりと口を開けたままほうけたようにトリスタンを見つめる。

トリスタンが困ったような表情をする。

「なんとなく言いづらくてね。ミハエルにも黙ってもらっていた。僕は一時期王都で暮らしていてね。ミハエルとは子供の頃からの付き合いなんだ」

「もしかして、エヴァもそのこと、知ってるの？」

「ええっと、最後に別れる時に伝えたけど、なんとなく気づいていたみたいだよ」

奈緒の思考はフリーズし、しばらく黙り込む。

「ナオは、こんなことくらいで僕のこと嫌いになったりしないよね」

トリスタンが、まばゆいばかりのいい笑顔を浮かべて言う。

「当たり前じゃない！　でも言ってほしかったな。驚きすぎて声も出なかったよ。トリスタン様」

「やめてくれ、ナオ。僕が悪かった。今まで通りトリスタンと呼んでくれ」

トリスタンが珍しく顔を赤くした。

その後、奈緒を待っていたのは、広く明るい部屋と、城内を好きに行き来できる至れり尽くせりの生活だった。

城の人たちも皆親切だった。

書庫での読書に、この国の勉強、美味しい食事が待っていた。

ピーちゃんや時にはトリスタンと共に湖畔を散歩したり、遊んだりした。

しかし、トリスタンは領主としての仕事もあるし、ここは魔法騎士の本拠地であり、彼らの指導もある。とても忙しい身なのだ。

それでもトリスタンは、夕食だけは奈緒と一緒に取った。

毎日が穏やかで、瞬く間に三週間が過ぎていく。

城での暮らしは快適で楽しかったが、その反面で奈緒はエヴァとミハエルはどうしているかと心配になっていた。

◇◇◇

美玲は奈緒から力を返してもらった直後、王都の大神殿にある静謐《せいひつ》な礼拝堂で、久しぶりに祈りを捧げる。すると光の粒が美玲の周りに現れ、それがやがて渦となり辺りに広がっていく。

礼拝堂に集まった神官たちから、感嘆の声が漏れる。

美玲は久しぶりにいい気分になった。

（まったく奈緒のせいで、ずいぶんと嫌な思いをさせられたわ。あんな子に力を渡すんじゃなかった）

力をすんなりと返してほしくて奈緒には感じよく振る舞ったが、美玲の心は怒りで煮えたぎっていた。

エクターにせっかく各神殿に通達を出してもらったのに、なぜか巡礼はすべて『聖女ナオ』の手柄になっている。このことについて奈緒を問いつめなければ気が済まない。

おかげで美玲のメンツは王都でも地方でも丸つぶれだ。

（奈緒は知恵が回る子じゃないから、トリスタンの差し金？）

美玲はそこまで考えて、自分の肌や髪の艶が戻ってきていることに気づいた。

巡礼が面倒だったからとはいえ、聖女の力を妹に譲渡するなんて絶対にやるべきじゃなかったのだ。


最初に美玲が奈緒に力の譲渡を行った時、神官たちから少々非難を受けた。

彼らによると、いくら姉妹間で相性がいいといっても、最初に力を送られた側、すなわち奈緒が命を落とすことがあるという。

つまり聖女の力の授受が安全にできるか適性テストのようなものをしなければならないらしい。だが、それにはかなりの時間を要するという。実はイアーゴからも、奈緒の召喚前からその危険性については聞いていたが、美玲は自分の運を信じた。

現に奈緒はいっときは目を覚ましたものの、その後、二日間意識不明となった。だが、力の譲渡は成功し奈緒は生還した。

危険なのは最初だけで、次からはスムーズに聖女の力のやり取りができると聞いていたので、美玲は安心して奈緒から力を引き出した。


そして巡礼が終わった今、美玲にとって奈緒は邪魔な存在でしかない。

一番いい方法は、奈緒を元の世界に帰すことだ。

不思議なことに巡礼の旅から帰った奈緒は綺麗になっていた。しかも視力まで戻っているようでびっくりした。

(命を落とすかもしれない過酷なものだと聞いていたのに、なんであんなに元気なの？　まずは奈緒が自分の手柄にしたことを問いつめるより、巡礼の様子を聞いた方がよさそうね)

美玲は大神殿から出ると、早速立ち番をしていた騎士から奈緒がどこにいるか聞いた。

「え？　あの者ならば、エクター殿下のご命令で追い出しましたよ」

「なんですって？」

驚いたものの、エクターは奈緒をすごく嫌っていた。

「それで、エクターは奈緒に報奨金を渡したの？」

「ひと月ほど、安宿で暮らせる金を渡して追い払ったと聞いていています」

美玲の口から笑いが漏れた。

今まで、奈緒をあちらの世界に帰すことしか考えていなかったが、そんな手間をかけなくてもいいことに美玲は気がついた。

（なんだ。簡単なことじゃない。もう私の前から消えてくれた。後は『聖女ナオ』は偽物だとでも噂を流せばいいわ）

美玲はその手のたくらみで、今まで失敗したことはなかったので自信があった。

だが、翌日、計算違いのことが起きた。

美玲が王宮にあるバラの咲く庭園で優雅に午前のお茶を飲んでいると、神官が呼びに来たのだ。

「聖女ミレイ様、祈りの時間でございます」

「は？　昨日も祈りを捧げたじゃない？」

美玲は眉根を寄せ座ったままで、不機嫌そうに神官を見上げる。

「恐れながら聖女ミレイ様、祈りは毎日必要です。できれば朝早い方がよいのですが、いらっしゃらなかったのでお迎えにまいりました」

面倒なので断ろうかと思ったが、また聖女の力が弱くなると面倒なので、仕方なく大神殿に向かった。

（やっぱり、もう少し奈緒にいてもらった方がよかったかな？　でも奈緒はもう聖女の力はほ

とんど残っていないだろうし。祈りなんて無理よね）
大神殿と王宮は同じ敷地内にあり近いが、美玲は当然のように馬車を出させた。
美玲が大神殿に着く頃には正午を回っていた。

礼拝堂に入っていくと、神官長代理のジュードをはじめとする神官たちが美玲を待っていた。

美玲の顔を見ると皆が安堵の表情を浮かべる。

（悪い気はしないわね）

美玲は前に進み出て祈りを捧げ始めた。

ほどなくして光の粒が美玲の周りを舞ったと思うと、すぐにふっと跡形もなく消える。

いつもは静謐な礼拝堂が騒然となった。

「なんで？　どういうことよ？　昨日は力が使えたのに！」

もう一度美玲は祈りを捧げたが、光の粒すら生まれない。

その後、騒ぎを聞きつけたエクターの指示により、奈緒の大捜索が始まった。
幸いエクターは奈緒にわざと通行証を渡していなかったので、すぐに見つかるものだろうと、
美玲は高をくくっていた。
（奈緒はきっと巡礼の旅で誰かに入れ知恵をされて、聖女の力の譲渡をごまかしたのよ）

——美玲は、そう信じて疑わなかった。

◇◇◇

その日の夕食時のトリスタンの様子は違った。いつもはシャツとズボンという簡素な服装なのに、なぜか騎士服を着ていた。

「どうしたの？　トリスタン」

奈緒は嫌な予感がして不安に瞳を揺らす。

「ナオに話があってね」

トリスタンの引き締まった口元を見て、嫌な予感がした。

「ナオは、この国の文字が最初から読み書きできるんだよね」

「うん、召喚特典みたい」

それについては楽をしている。おかげで、ここでの勉強もスムーズだ。

「召喚特典って、ナオは面白いことを考えるんだね。でもミレイは、言葉がしゃべれても字は読めないんだ」

「え？　お姉ちゃん、この国の字が読めないの？　それってけっこう大変じゃない？」

奈緒はびっくりした。今まで奈緒にできて美玲にできないことはなかったからだ。

「それから、あまりよくない知らせなんだけど、ミハエルとエヴァがこちらに来られないようなんだ」

「どうして？　それは私のせい？」

奈緒は胸騒ぎがした。奈緒と関わったことで、彼らが大変な目にあっているのではと、不安になる。

「別に拘束されているわけではないが、王都に留め置かれているらしい。それで、巡礼の旅の様子を根掘り葉掘り聞かれているようだ」

トリスタンが真剣な目で奈緒をじっと見るので、奈緒はまだ大事な話があるのだと思った。

「どうして、そんなことに。もし私の行方を捜しているのなら――」

「違う」

奈緒の言葉を遮るようにトリスタンが、首を振る。

「王都の周りは城壁で囲まれているだろう。そのそばに魔物が出るらしい」

「え？　それって巡礼が失敗したってこと？」

奈緒は衝撃を受けた。

「違う。ナオのせいじゃない。城壁の周りはミレイの管轄だ」

「でも、たしか王都は百年前の聖女が張った結界で守られていたんじゃないの？」

エヴァにそんな話を聞いた覚えがある。

「ミハエルからの情報だと、ミレイが朝の祈りをさぼっていたらしい。それで王都の結界が弱まったんだ」

「ええ、ちゃんと力を返したのに」

奈緒はあきれてしまった。今思うと美玲は、子供の頃から人のことは言うわりに、自分はさぼっていたりする。

「ミレイのさぼりはナオが巡礼に出る前からだ」

「ふえっ？　それってやばいんじゃないの？　お姉ちゃん大丈夫かな」

驚きすぎて変な声が出た。

「君はまだ、姉の心配をしているのか？」

「ううん。そんなことより、ミハエルとエヴァの方がずっと心配。ちゃんとご飯もらえているかな」

「ナオは、硬いパンとスープだったそうだね」

「最初、よくわからなくて王子様を怒らせちゃったから。ああ、殿下だっけ」

奈緒は情けなさそうな顔をする。

でも、ここではチーズののった温かいパンや具だくさんのスープにサラダ、肉。毎日美味しい料理が食べられる。

奈緒はスープをすくって飲む。いつも通り野菜の優しい味がする。エヴァとミハエルはどうしているのだろうか、彼らの食事が心配だ。

「殿下なんて呼ぶ必要はないよ。エクターは王太子の器とは思えない」

「え？」

トリスタンがそんなことを言うとは思わなかったので、ドキリとした。トリスタンはこの国の魔法騎士だ。変にエクターに盾ついて、何かの罪に問われるようなことだけは避けてほしい。

「ミハエルなら大丈夫だ。正直者だが、大神殿では信望があるからね」

「私もミハエルに、たくさん面倒見てもらった。それからエヴァは王宮のことちょっと嫌がっていたから心配。肩身の狭い思いをしてないといいけど」

エヴァがドワーフを先祖に持つことで差別されていると言っていたので、気になって仕方がない。

さらに奈緒の巡礼に付き添ったことで、まずい立場に追い込まれていたらと思うと、いても立ってもいられない気持ちになってきた。

奈緒の中で、嫌な想像ばかりが膨らんでいく。

「ミハエルによるとエヴァも元気だそうだ。今は二人とも大神殿にいる。王都で一番安全な場所だから大丈夫」

「もしかして、大神殿の水晶を使ってミハエルと連絡を取っているの？」

「そうだよ。こっそりとね」

「すごい……」

「ミハエルの人徳だ」

そう言って、トリスタンが口角を上げる。しかし、彼の瞳は真剣でちっとも笑っていない。

奈緒はとうとう食事の手を止めた。

ここの領地に来て、食欲がなくなるのは初めてだ。

「トリスタン。まだ大事な話があるんだよね？」

奈緒は覚悟を決めて、トリスタンを見る。正直聞くのが怖い。

（もしも、トリスタンまでいなくなったら……私は）

「ナオ。僕は王都に行くことになった」

嫌だ、と思った。奈緒はそんな気持ちをごくりとのみ込んだ。

トリスタンは魔法騎士で職務に忠実な人だと知っている。

「魔物の討伐に行くの？」

「そういうことだ。急だけど、もう発たなければならない」

「トリスタンが行くってことは、魔獣もいるってことだよね」

奈緒はガタリと椅子から立ち上がった。

「私も行く。お姉ちゃんに聖女の力は返したはずなのに、私、なんでかまだ力が使える」

「それでも以前よりも弱くなっているはずだ。ナオは連れていけない」

トリスタンはきっぱりと断った。

「なんで？　私、役に立つよ？」

「王都は聖女ミレイの領分だ」

「そんな理由で？　お姉ちゃんと力を合わせれば」

「本気でそんなふうに思っているのか？　あのミレイがナオと力を合わせるわけがないだろう？」

そんなことはわかっている。でもわずかな可能性にすがりたかった。

こんな遠い領地からわざわざトリスタンが行くなんて、絶対におかしいと思った。

「魔物ではなく、強い魔獣がたくさん出るからだよね？　だから、トリスタンが行くんでしょ」

怖くて声が震えた。

「ナオ、泣かないでくれ。僕は魔獣退治なら慣れているよ。ナオだって知っているだろう。そんな心配することじゃない」

「トリスタン、ごめん。私、あんなに簡単に聖女の力を手放すんじゃなかった。巡礼は私一人でなしえたことじゃないのに。皆に支えられて聖女の力が強くなっていったのに。すっごく馬鹿なことをした。こんな時に……巡礼を支えてくれた大事な仲間を守れないなんて……。エヴァもミハエルも王都にいるのに」

奈緒は悔しくてたまらない。

『一度聖女となった者は、再びその力を必要とする時がきます』とミハエルの言った通りになってしまった。

「大丈夫。必ず、二人は守る」

「でもトリスタンのことは誰が守るの？」

泣くのはやめようと思うのに、涙が止まらない。

しばらく沈黙が落ちる。おもむろにトリスタンが口を開いた。

「ナオ。黙っていたことがある。僕はこの国の第二王子なんだ」

「え……どうして？」

奈緒は驚きに目を見開いた。

「最初はナオに警戒される思い、黙っていた」

「意味わかんないよ！」

心臓の鼓動が早鐘をうち、嫌な音を立てる。ショックだった。

頭では彼の言っていることが理解できている。だが、奈緒の感情がそれを許さない。

「でも、そのうちナオに嫌われることが怖くなって、ますます言えなくなった。ナオは、王族が嫌いなんだろう」

そう言って、トリスタンは穏やかな笑みを見せる。

「トリスタンはトリスタンよ！」

「僕は第二王子なのに、中央の動きを把握せずミレイの召喚もナオの召喚も阻止できなかった。そのことを申し訳なく思う。僕の父、陛下から頼まれていたんだ。自分が留守の間、エクターと共に国を守るようにと。謝らなければならないのは僕の方だよ。すまない、ナオ」

トリスタンは奈緒に頭を下げた。

「……そんな」

奈緒は膝が震え、立っていられなくなり椅子の上に崩れ落ちた。

そんな奈緒に、トリスタンは優しい笑みを向けると踵を返して食堂から出ていった。


奈緒はその日、異世界に来て初めて一晩中泣いて過ごした。

城の使用人たちは何かと気遣ってくれたが、いかんせん食欲が湧かない。

そして、泣き明かした翌朝、奈緒は決心した。

「泣いたって何の解決にもならない！　だったら」

(私には祈ることでしかできない。トリスタンの無事を、エヴァやミハエルの無事を祈ろう。まだ、聖女の力は少しだけ残っている。あきらめちゃダメだ)

奈緒はその日から、食事と睡眠を無理やり取り、朝から晩までしっかり祈った。領地にある神殿で祈ろうかと思ったが、神殿にもエクター側の人間がいるかもしれないと考え直し、自分の部屋で祈りを捧げ続けた。

五日が過ぎた頃だろうか、奈緒の中から雑念が消えポンと頭の中が真っ白になる。その真っ白な先に王都の映像が見えてきた。倒壊した建物に燃え上がる火、黒く大きな影は恐らく魔獣だろう。奈緒は息をのむ。

「私、助けに行かなくちゃ！」

奈緒は夢から覚めたように祈りをやめて立ち上がる。

すると今までおとなしくしていたピーちゃんが突然「ピーッ！」と大きな鳴き声をあげた。

《聖女ナオよ！　よく頑張った！　われと共に王都に向かうのじゃ！》

「あれ？　ここ夢の中じゃないよね？　なんでピーちゃん、しゃべれるの？」

奈緒はパンと自分の頬をはたく、普通に痛いから夢ではなく現実だ。

《ナオの力が増したからじゃ！　それに今、王都の結界が破られようとしている。緊急事態じゃ！》

「なんですって！　私、この城の人に馬車が出せるか相談してくる」

奈緒が転げるように部屋から出ようとするとピーちゃんが止めた。

《ナオ、大丈夫じゃ！　われは聖獣ゆえ、ナオと共にパワーアップするのじゃ！》

ピーちゃんは窓の外に躍り出る。

その瞬間ピカーっとまばゆい光を放ち、奈緒は思わず目を閉じた。

恐る恐る目を開けば、巨大化したピーちゃんが窓の外でホバリングしている。

「えええ！　ピーちゃん、どういうこと？」

奈緒は驚きのあまりのけぞった。

《説明は後じゃ！　ナオ、われの背中に乗れ》

ここは二階であるが、奈緒は躊躇《ちゅうちょ》なく、窓枠に足をかけピーちゃんの背中に飛び乗った。

《しっかりつかまっておるのじゃ！》

奈緒はピーちゃんの指示通り、しっかりとモフモフの中に体を埋める。

こんな状況ではあるが、ピーちゃんの大きな背中はとても柔らかで温かく気持ちがいい。お日様のような匂いがする。

ピーちゃんは空高く舞い上がると、王都へ向けて猛スピードで飛び始めた。

しかし、風による抵抗はなく、奈緒は淡い光に包まれて落ちないように守られている。

「ピーちゃん、こんなことができたんだね！」

《ふむ、ナオの祈りにより覚醒したからな。しかし、ナオ自身もかなり力を消費することになるぞ》

「私はかまわない。皆を助けたい」

《ではゆくぞ！　覚醒聖女！》

「え、覚醒聖女って何？」

ピーちゃんがさらに上昇し、スピードはどんどん増していく。

「これ、飛行機より、速くない？」

奈緒は目を丸くする。見る間に遠目に王都らしきものが見えてきた。

「馬車で四日かかったのに、ピーちゃんなら、ひとっ飛びじゃない」

目を凝らすと王都の上空に、黒い靄が雲のようにわだかまっている。

《まずい！　王都周辺の結界が瘴気に侵食され始めている。ナオ、王都は悲惨な状況じゃ。それを救うにはナオもなにかしらの代償を払うことになるぞ》

「今まで私を支えて助けてくれたのは巡礼の仲間だから、今度は私が皆を助ける番だよ」

黒い靄にぐんぐんと近づいていくにつれ奈緒は息苦しくなってきた。

これほどの瘴気は、最後の巡礼の町でもなかった。

少し前まで活気に満ちていた城下町は、どのような状態になっているのだろう。

奈緒の中に強い恐怖心が湧く。

「エヴァもミハエルもあの土地にいるのに……」

《大神殿と王宮には強い結界があるから恐らく大丈夫じゃ》

ということは魔法騎士のトリスタンは、きっと最前線にいるはずだ。

「嫌だ！　トリスタンを失いたくない。ピーちゃん、お願い！」

《任せるのだ！　わが主《あるじ》、ナオよ！》

（わが主って？）

奈緒が一瞬ピーちゃんの言葉に戸惑うも、あっという間に暗雲のような瘴気の渦にピーちゃんと共に突っ込んだ。

息ができないほどの異臭がした。黒い靄に遮られ視界が悪く前も見えない。きっと今の王都では日も差さないだろう。奈緒は一心に祈る。

すると呼吸が楽なり、徐々に視界が開けてきた。

王都は魔物や魔獣に蹂躙され、半壊状態だ。そして、ピーちゃんの言う通り、王宮と大神殿は無事だった。

ほどなくして、奈緒の目は上空にいるにもかかわらずトリスタンの姿を映し出した。王都の焦土化した地域に、満身創痍《まんしんそうい》のトリスタンがいた。大きなドラゴンを前にして戦っている。周りには倒れた騎士たちが見える。立っているのはトリスタンだけだ。

（どうかトリスタンを守って、お願い！）

自然と奈緒の胸の前で手が握り合わされる。

◇◇◇

――ナオが王都近くに迫った頃。

地上でトリスタンは熾烈《しれつ》を極めた戦いを繰り広げていた。

王都上空には瘴気による暗雲が立ち込め、視界も悪く、天候も荒れ、風雨にさらされていた。

そんななかで魔獣化したドラゴンとトリスタンの一進一退の攻防が続く。これが最後の巨大な一体だ。

数体のドラゴンを倒すために、ほかの騎士たちはすでに戦闘不能となってしまった。

最後まで共に戦っていた魔法騎士も今は血だまりに伏したまま動かない。立っているのはトリスタンただ一人のみ。

苛酷な状況下でトリスタンの疲労がたまり、動きが鈍る。

だが、ここで集中を切らせば死が待っている。彼は油断のない目で、剣を構えた。ドラゴンが、隙を見せた瞬間、トリスタンは突っ込み、固いうろこに刃を突き立てる。

その瞬間、ドラゴンの紅蓮《ぐれん》の瞳がギラリと光り鋭い爪が襲ってきた。

無理やり剣を引き抜き、辛くも身をかわしたが、トリスタンの額と腹にドラゴンの爪がかする。直後、激痛が走ったが、彼は本能的に間合いをとる。

だが、剣は刃こぼれを起こしていた。

トリスタンが持つのは王家に代々伝わる魔獣を斬《き》る宝剣である。それが初めて刃こぼれしたのだ。

かなり危機的状況ではあるが、あきらめるわけにはいかない。

額から血が滴り落ちるのを、トリスタンは無造作に払った。血で視界を遮るわけにはいかないからだ。

このドラゴンを仕留められるのは、トリスタンしかいない。刺し違えても亡ぼさなければならない存在だ。

しかし己亡き後、この国はどうなるのかと頭にちらりと浮かぶ。

権力欲ばかり強く身勝手なエクター、精霊に見放され聖女の力を失ってもなおその座にしがみつくミレイ、邪悪な召喚士イアーゴ。

王と大神官が戻ればまだましな状況になるだろうが、素朴でおよそ王宮に向いていないナオが心配でたまらない。

だがナオは本物の聖女だ。聖獣もついている。自分がいなくてもきっと彼女は精霊の加護を受け、聖女としての力を取り戻し、幸せに暮らせるはずだ。

トリスタンは死を覚悟して、ドラゴンとの間合いをじりじりと詰めていく。ドラゴンの瞳が怪しく光る。一触即発の状態だ。

先に動いたのはドラゴンで、トリスタンに鋭い爪の一撃を放つ。トリスタンはそれを刃こぼれした剣で受け流し、後ろに飛びのいた。

あと少し素早さが欲しい。だが、それは無理な願いというもの。次の一撃で活路を見出《みいだ》さなければ死があるのみ。そう覚悟した瞬間――。

突然雨がやみ、風が凪《な》ぐ。空からいくつもの光の粒が舞い落ちてきた。

「これは……」

光の粒は急激に密度を増し、瘴気による暗雲を突き破り、空から一条の光が差した。

（聖女の力だ！）

温かく柔らかい光はナオのものだとすぐにわかった。

一条の光は、やがて大きな渦となり辺り一帯を包み込む。

空は明るさを取り戻し、空気が浄化され、息苦しさがなくなった。

それとともに、トリスタンの額と腹から流れていた血が止まり、痛みが消え傷口が見る間にふさがっていく。

視界がクリアになり、集中力がより高まる。

宝剣がまばゆい輝きを放ち、刃こぼれが瞬く間に修復されていく。

その時、体にたまった瘴気を吐き出すように、ドラゴンが苦しげな咆哮《ほうこう》をあげた。

流れが変わった。

トリスタンの体を白銀の光が包み込み、体が、魔力がありえないほど強化される。

聖女の加護だ。姿は見えずとも、ナオの存在を背中に感じた。

（ナオが、一緒に戦ってくれている）

トリスタンは勝機を逃さず、ドラゴンに向かって疾走する。体が驚くほど軽い。

トリスタンは、ドラゴンの鋭い爪から軽く身をかわし、顎《あぎと》の下へ迫り、逆鱗《げきりん》を目がけ高く跳躍すると、宝剣を突き上げた。

耳をつんざくような咆哮をあげたドラゴンは、そのまま瓦礫《がれき》の中に大きな音を立てて崩れ落ち、絶命した。後には砂ぼこりが舞う。

あれほどの死闘が、嘘だったかのようなあっけない幕切れだった――。

ほどなくして倒れていた魔法騎士たちが、白い光に包まれ、うめきながらも起き上がってくる。

空を見ると黄金に輝く大きな聖獣が、王都の上をゆっくりと旋回していた。瘴気がすべて浄化されていく。

「ナオが、大聖女として覚醒したのか……」

トリスタンは驚きと共に、瘴気の晴れた青空を眩しげに見上げ、数百年に一度の奇跡を目の当たりにした。

伝説の聖獣が聖女の力により、本来の力を取り戻したのだ。

トリスタンは聖女ナオの偉大さに、改めて心を打たれた。

そのうち聖獣は急降下して、トリスタンのそばに降り立つ。

ナオが聖獣から降りると、トリスタンを目がけて泣きながら駆け寄ってきた。

「トリスタン！」

トリスタンはナオの姿を見て、驚きに目を見張る。

なぜなら彼女の全身は真っ白になっていた。文字通り髪は白髪になり、瞳も赤みを帯びた薄い琥珀《こはく》色になり肌も透き通るほど白くて……異世界から来た彼女はとんでもない代償を払った。

ナオはなんの迷いもなく、トリスタンの腕の中に飛び込んでくる。トリスタンはナオの華奢《きゃしゃ》な体をしっかりと受け止めた。

「ナオ、なんで……どうして、そんなになるまで力を使ったんだ」

感謝すべきなのに、自分の不甲斐《ふがい》なさが悔しくて、そんな言葉が口をついて出た。トリスタンは、彼女の払った犠牲に大きく心を揺さぶられる。

「そんなの。トリスタンが心配だったからに決まってるじゃない！　置いてかないでよ！」

「……ありがとうナオ、君は王都を救った聖女様だよ」

「違うよ。私は聖女なんかじゃないし、そんな柄でもない。あの瞬間、私が祈ったのはトリスタンの無事だけだよ。魔獣をやっつけたのは、トリスタンとたくさんの騎士たちだよ！」

「ナオ……」

トリスタンは、そんなナオの気持ちが、どうしようもなく嬉しい。トリスタンが思うより、ずっと多くのものがナオには見えている。やはり彼女は本当の聖女なのだ。

「立場なんて地位なんて関係ない。トリスタンはトリスタンよ。トリスタンもそう思って私に接してくれてたんでしょ？」

「そうだよ。ナオは聖女であっても聖女でなくてもナオだよ」

「だったら、二度と私を置いていかないで。ずっと一緒だって言ったのはトリスタンなんだからね！」

ナオの言葉が、トリスタンの胸の奥深くに響いた。

◇◇◇

美玲は王都に魔獣が現れたと聞いて、恐怖におののいた。

魔獣や魔物侵入を防ぐため、王宮の窓という窓には大きな六芒星の魔法陣が描かれた布がかぶせられている。

そのため、外の様子は見えないが、時おり、ずしんと腹に響くような音がする。

どうやら、町が破壊され、建物が倒壊する音らしい。美玲は恐ろしくてたまらない。

「エクター、王宮は危険ではないの？　大神殿に避難した方がいいわ」

美玲は、王宮の四階にある執務室にこもりきりのエクターのところへ行って頼んだ。

「ミレイ、王宮は一番安全な建物だ。大神殿と変わらない」

「ねえ、トリスタンを呼んだら、どう？　強い魔法騎士なんでしょ」

「それならば、呼んでおいた。じきに来るだろう。いや、もう来ているか」

エクターが無表情で答える。彼はトリスタンが嫌いなのだ。

しかし、美玲はエクターの言葉に引っかかりを覚えた。

「どういうこと？　来ているなら、ここに挨拶に来るのではないの？」

美玲はトリスタンを自分の仲間に引き入れることをまだあきらめてはいなかった。

それに巡礼の間の奈緒の様子も知りたい。

巡礼の旅から王都へと帰還したミハエルや奈緒の専属メイドから話を聞き出している最中に、彼らは突然行方をくらませてしまったのだ。

そのことにも美玲は苛立ちを覚えている。

（ここへきて、何もかもが思い通りにならないなんて！）

「トリスタンは王宮には入れない」

「どういうこと？」

「ここには結界を張っている。魔獣や魔物どころか、人も入れない強固な結界で守られているのだ」

美玲は結界と聞いて不思議に思った。

「結界？　誰が張っているというの？　聖女の私が何もしていないのに？」

エクターがため息をつく。

「私も詳しい方法は知らない。神官どもが集団で百年前の聖女が張った結界を利用して、大神殿と王宮を守っているらしい。民は大神殿に避難している。今回のことは私にとっては大きな痛手だ。いっそのことトリスタンが戦いで命を落としてくれればいいのに」

美玲は驚いて目を見開いた。

「何を言っているの？　異母弟とはいえ、あなたの弟でしょ？」

「ただの願望だ。本当にトリスタンに死なれたら、王都は陥落する」

「は？　なんですって！」

顔の綺麗さだけにとらわれていて、トリスタンがそれほどの逸材とは思ってもみなかった。

エクターがトリスタンを嫌うのは、トリスタンが優秀な人間だからだと美玲は気づいた。

（なんてこと！）

美玲は悔しさを噛みしめる。

「君はナオの心配をしないのか？　実の妹だろう？　ナオに通行証は渡していない。だから王都をさまよっているはずだ。それともどこかで野垂れ死にしているか」

「さあ、案外大神殿に避難してぶるぶる震えているんじゃないの？」

美玲が鼻で笑った時、執務室のドアが強くノックされた。

エクターが緊張した面持ちでドアを開ける。

「エクター殿下！　聖女様が！　聖女様が王都を守護してくださいました！　魔獣もトリスタ

ン様が討伐してくださいました！」

その言葉を聞いた途端、エクターが窓に張りつけられていた魔法陣が描かれている布を乱暴に取り払う。

執務室にさっと眩しい光が差し込み、目が慣れる頃、王都全体が淡い光に包まれているのが見えた。

「ちょっと待って！　どういうこと！　私は何もしていない。まさか、ほかに聖女が現れたってこと！」

窓を開け放ち呆然《ぼうぜん》と立つエクターの横に、美玲は走り寄った。

すると地上には大きな輝く鳥と奈緒、トリスタンの姿があった。

それを見た瞬間、美玲は煮えたぎるような怒りを感じた。

「は？　なんであの子、白く光っているのよ？　……そうか！　あの子、聖女の力を返すふりをして私を騙したのね！」

美玲のその言葉を受けて、エクターが隣でボソリとつぶやく。

「くそっ、選択を……誤ったな」

しかし興奮していた美玲には、エクターの言葉がよく聞き取れなかった。

「え？　今なんて？」

エクターが皮肉っぽい笑みを浮かべる。

「いいや、なんでもない。お前の妹は覚醒聖女となったようだ。そのおかげで王都は陥落を免れたわけだ。ついでにトリスタンも生きている。あれでは王都を救った英雄だな」

初めて『お前』と呼ばれて不快になったが、それよりも気になることがある。

「覚醒聖女って何？」

「あれは聖獣だ。特別な力に目覚めた聖女だけが従えることができる」

「どういうこと？　さっぱり意味がわからないのだけど？　あの鳥、魔物と何が違うの？」

事態が把握できず、美玲はイライラする。

「ミレイ、なぜ、この国の聖女について学ばなかった」

美玲と同じように、エクターもかなり機嫌が悪いのだと気づいた。

（頭にくるけど、ここは引いた方がいいわね）

「エクター、私は努力しているわ。今はこの国の文字を学んでいるところよ。聖典に書いてある言葉は私には難しすぎて、なかなか読み進められないの」

「……なんで、私は気づかなかったんだろう」

エクターの声に後悔が滲む。

「せめて家庭教師をつけてくれるか、口伝で教えてもらえれば……」

美玲は調子を合わせるように、沈んだ声で答える。

「お前の知らないことがひとつある」

また『お前』だ。しかし美玲はぐっと我慢する。今は感情のままに怒っていい時ではない。

「ナオは召喚された時から、この国の言葉を読み書きできたそうだ。ミハエルとメイドのエヴァ、トリスタンがそう証言している」

「え……、嘘でしょ？　嘘よね？」

奈緒にできて、自分にできないことがあるとは信じたくなかった。

「私が嘘を言ってどうする」

エクターの目が鋭く光る。今、エクターと諍《いさか》いを起こすのは得策ではない。

「私が気づかずに、あの子にすべてを譲渡してしまったのかしら？」

「ミレイ、譲渡で聖女の覚醒は起こらない。聖獣も従えることはできない。私は事態の後始末をしなくてはならないから、行く」

エクターが追いつめられたような表情で執務室から出ていった。

当然のように美玲はエクターの後に続く。

（まずいわ。奈緒の手柄をどうやって奪えばいい？　いいえ、奈緒を召喚したのは私なんだから、私の手柄に決まっている。後は奈緒を引きずり落とせばいい）

子供の頃から、奈緒の手柄はすべて美玲のものだ。だから、これから先もずっとそうだと疑わなかった。美玲は次の一手を考えた。

◇◇◇

王都の混乱はその後一週間は続いた。

聖女ミレイの件で、エクターの信用は失墜したため指揮系統は乱れ、王都は大混乱となる。

そうこうしているうちに、国王と大神官が王国に帰還した。

国王はたいそう怒っていた。たいていは王妃の言いなりである国王であったが、今回ばかりは違った。

異世界からの聖女召喚の儀は最終手段だと言ったのに、国王が留守の間に二人も呼び出していた。旅の途中でその報せを聞いて慌てて大神官と共に国に戻ったのだ。


エクターは当然責任を問われた。

それを止めるどころか、賛成した王妃もともどもに。もちろん、イアーゴとそれを支持した召喚士たちも今回は処罰の対象となる。

エクターはなんとかそれをトリスタンのせいにしようとしたり、もみ消そうとしたりとあがいたが、もとより大神殿はトリスタンを支持していたので、すべて失敗に終わった。

国王は自分の留守の間、トリスタンを北の領地から呼び戻し、二人でこの国を治めるようにとエクターに命令したにもかかわらず、彼はそれをいっさいトリスタンに伝えていなかった。

しかし、王都の異変に気づいたトリスタンが自ら北の領地から出てきて、聖女の巡礼に付き添ったのだ。

聖女ミレイと聖女ナオについても、上層部の間で議論が繰り広げられた。

大神殿は聖女ナオを支持し、聖女ミレイを支持するのはエクターとエクター派の貴族のみだ。

多くの貴族たちが、皆トリスタンとナオの方に寝返った。ナオが聖獣という聖女の証《あかし》を持っているからだ。

◇◇◇

その頃奈緒は、大神殿の地下に隠れていたミハエルとエヴァに無事会うことができた。

ミハエルもエヴァもエクターによって王宮に捕らえられそうになったところを、ジュードの機転で大神殿地下の隠し部屋に匿《かくま》われ、事なきを得たそうだ。

三人は大神殿の四阿《あずまや》で涙の再会をした。

「よかった。皆無事で」

奈緒とエヴァとミハエルは三人でがっしりと抱き合った。

「トリスタンから、二人が無事だって聞いてたけど、すごく心配だった」

しかし、二人はまだ泣いている。

「やだ、どうしたの二人とも、そんなにつらかったの？」

奈緒はエヴァとミハエルが心配になる。特にミハエルが泣いているのは初めて見た。

「だって、ナオ様が……」

エヴァが涙声で言う。

「力を使いすぎて、色素が抜けてしまわれたんですね」

ミハエルは悲しそうに肩を落として言った。

「別に体調不良とかはないし、今はあまり長く日に当たれないけど、そのうち聖女の自浄作用で少しはましになるみたいだよ。すっごい白くなっちゃってびっくりしたよ。でも目の色は少し戻ってきたんだよ」

奈緒はあまり気にしていないが、エヴァとミハエルはずいぶんとショックを受けたようだ。

「それにナオ様が大活躍だったそうで」

奈緒は首を振った。

「とんでもない。魔法騎士団が頑張ったんだよ。私は最後の方にちょこっと出てきただけ」

そう言って奈緒は笑った。

その後、奈緒は王宮の豪華な一室でしばらく暮らすことになった。

エヴァやミハエル、トリスタンも事態の収拾に忙しくしていたが、奈緒だけは休養を取るようにと言われた。

数週間を経て、疲れの取れた奈緒は、部屋にやって来たトリスタンから今までの経緯を直接聞くことになった。

それによると、召喚聖女が二人というのは対外的にも具合が悪いから、どちらかを切り捨てるべきという意見が貴族の間で出ているということだ。

「何それ、勝手だよね。もしかして、呼び出された私たちにも罰が下るの？」

トリスタンは奈緒の言葉に首を振る。

「それは絶対にさせない。ナオは必ず僕が守る。ミレイはどうだか知らないけどね。彼女は王家の金を使って遊びほうけていた。そのうえ、政治に口を出し、気に入らない官吏やメイドも勝手にクビにしていたから、ただでは済まないだろう」

奈緒はびっくりした。

「え？　お姉ちゃんそんなことまでしてたの？　……でもお姉ちゃんならうまく立ち回るんじゃないかな。まさか牢獄《ろうごく》に入れられるなんてことないよね」

さすがにちょっと気になった。

「ミレイは一度どこかで頭を冷やした方がいいだろう」

トリスタンは苦笑する。

奈緒は美玲のことより、トリスタンの心配をしていた。

「私はトリスタンの立場が心配だよ。私をかばってくれているんでしょ？　そうだ。私を隣国に逃がすっていうのはどうかな。それで召喚聖女が二人いる問題は解決するんじゃない？」

奈緒は魔法が使えることで自信がついて、一人でもなんとかなりそうな気がしていた。男装もできるし、宿も一人で見つけて泊まれるし、巡礼の旅でサバイバル能力も身についている。それになんといっても奈緒にはピーちゃんがついているのだ。

しかし、トリスタンは厳しい顔をする。

「却下だ。ミレイを支持している者は、私利私欲で動いているエクター派だろう。ナオがこの国から出たりしたら、各国で聖女の争奪戦になる。ナオの巡礼の噂は他国にも伝播《でんぱ》しているからな」

奈緒は面倒なことになったなと思う。できれば異世界で気楽に暮らしたかった。

今思うと巡礼の道中は実に楽しいもので、できることならもう一度あのメンバーで森の中でキャンプをしたい。

◇◇◇

「全部いいとこばっかり、奈緒に持っていかれたわね。あの子本当に要領がよくて腹が立つ。そのうえ、なんであのダサい眼鏡かけてないのよ。トリスタンに色目を使ってるんじゃないかしら？」

美玲が今いるのは王宮にあるエクターの執務室だ。

当然彼らには監視がついていた。

しかしそこには抜け道があり、エクターは数少ない派閥の貴族の金と力を使って己の息のかかった騎士を監視に置いていた。

そのため、ここでの会話は外に漏れない。

イアーゴも呼び、三人で活路を見出すべく話し合いをしている最中だ。

「ミレイ、大きな痛手を負ったのは私も一緒だ。たしかお前は自分の異能を祝福だと言っていなかったか？　それなのにこの状況はどういうことだ？　しかも、ナオから譲渡された聖女の力も一日しかもたなかったではないか」

エクターは不服なようだ。

「エクター、聖女の力を譲渡したのは私。奈緒は異能すら持ってないのよ？」

しかしその実、美玲は奈緒に異能があるのではと疑っていた。魅了を持っているのではないかと……。そうでなければ、あのトリスタンが奈緒につくわけがない。

奈緒は、どの勢力にもなびかないことで有名なトリスタンを味方につけたのだ。それに子供の頃も、妙に近所の人たちに好かれていた。奈緒はすぐに調子に乗るたちだから、増長させてはいけないと美玲が介入して、引き剥《は》がしていったのだ。

「ミレイ、本当のことを言ってくれ。お前が持つ異能はなんなのだ」

美玲はそのエクターの問いは無視して、イアーゴに尋ねた。

「例の件、ちゃんと調べてくれた？」

「はい、元の世界に戻る件ですね」

エクターは驚きと怒りの表情を浮かべ、椅子から立ち上がる。

「ミレイ、いったいどういうことだ？　この混乱の中でお前だけ、逃げ出す気か？」

エクターが美玲のことを『君』ではなく『お前』と呼ぶようになったのは気に入らないが、そこはぐっと我慢する。今はもっと大切な話があるからだ。

「違う。それでどうなの？」

「はい、確実に元の世界に帰還する方法は存在します。過去には一度行き来した例もありました。ただこの情報は高度な魔術を持って秘匿されていました。恐らく苦労して召喚した聖女に簡単に帰られては困るからでしょう。それにかなり複雑な術式を要しますが、私ならば十分可能です」

「やはり逃げるつもりではないか！」

「逃げるわけがないでしょ？　早合点しないで、元の世界に戻るのは奈緒よ！」

エクターは驚きに目を見開いた。

「本物の聖女を元の世界に戻してどうする」

美玲はエクターの愚鈍な反応に憤りを感じたが、どうにか鎮めた。そうしなければ、己の力は存分に発揮できない。

「エクター、ひどいわ。本物の聖女は私なのに。奈緒さえ、元の世界に戻せば私はまた聖女になれる」

エクターが、わけがわからないという顔をする。

「どういうことだ？」

美玲はものわかりの悪い生徒を見るような視線をエクターに向けた。

「聖女がこの国に二人出現するということはなかったのでしょう？　なら、あの子を元の世界に帰せば理屈的には私に聖女の力が戻るはず。もともと私が聖女として召喚されたのだから。それにあの子の力は、私が力の譲渡を行うまで微弱なものだった。つまり私は、なんらかの方法で奈緒に力を奪われたのよ」

美玲は自分が被害者だということを強調する。

「しかし、ミレイ、ナオは聖獣を連れている」

「聖獣？　あの魔物みたいな鳥がどうかした？」

美玲の言葉にエクターは項垂れたが、覚悟を決めたように再び口を開く。

「わかった。では詳しく聞かせてくれ」

美玲は得々として自分の計画を語った。

聞き終わったエクターは美玲に問う。

「ミレイ、もう一度尋ねる。お前の異能は、なんなのだ？　この状況に祝福があるとは思えない。常に運がいいのはお前だけではないか？」

美玲は今まで人に疑われるという経験をほとんどしてこなかったので、自分の異能がエクターに疑われている事実に驚きと苛立ちを隠せない。

「私が嘘をついたとでもいうの？　嘘をついて、私になんの得があるというのよ！」

「それが、お前の答えなのだな」

エクターは静かに瞑目《めいもく》する。

美玲は一瞬、不愉快そうに眉根を寄せたが、エクターが納得したものだと思った。


実際、美玲は元の世界でやたらクジ運がよかった。それに嫌いな人間を仲間外れにするのも上手だったから、自分の異能は祝福だと疑いもしなかった。

両親も美玲の言いなりだし、気に入らない奈緒も親戚から引き離し、両親から信用をなくさせることに成功した。常に周りの人間は自分の思い通りに動いてくれる。

だから、今まで奈緒のことが、とんでもない間抜けに見えていた。

（もしかして、私の異能は支配？　それはそれで聖女らしいかも……。カリスマ性がなければ人を従わせることはできないものね）

美玲は一人悦に入った。

◇◇◇

その夜遅くに、エクターはイアーゴだけを執務室に呼び出した。

エクターは執務机の椅子に腰をかけ、焦燥感を滲ませて口を開く。

「イアーゴ、ミレイの異能はなんだ？　それに彼女の計画をどう思う？」

「そうですね。まずは計画についてはよいかと存じます。それから異能については、あれは祝福なんかではありませんよ」

イアーゴがほの暗い笑みを浮かべる。

「彼女を召喚した一時期は酩酊《めいてい》感はあったものの、私たちに祝福など訪れなかった」

「恐らくミレイ様の異能は記憶の改ざんかと……」

イアーゴの答えを半ば予期していたが、エクターは目の前が暗くなっていくのを感じた。

「やはりな。ミレイの前では次々ともめ事や災厄ばかり起こる。そして気づけば、彼女に都合のいい形で終わる。はっきりした事実や証拠はなく、すべてはうやむやでなし崩し、彼女が被害者だという記憶だけが残る」

「恐らく、私たちのナオに対する悪感情もミレイによる記憶の改ざんでしょう」

エクターはすっと背筋が冷えた。

「しかし、私たちはミレイを支持してしまっている。くそっ！　トリスタンはこれに気がついてミレイに寄りつかなかったのか。それもこれも、あいつだけが王家の逸材にしか現れないという〝精霊の瞳〟を持っているからだ」

あのトリスタンの持つ、アレキサンドライトの瞳がどれほど欲しかったか。

エクターは悔しげにどんと執務机を叩く。よりによって正当な嫡男《ちゃくなん》の自分にではなく、側室の子にその瞳の色が現れた。

「そういうわけではないのでしょう。今回の巡礼の旅でナオに仕えた者たちは、皆亜種の血が流れる者ばかり。その影響ではないでしょうか」

イアーゴが見下した様子で、亜種という言葉を口にする。

「どういうことだ？　あのメイドは男爵家の出ではあるもののドワーフの血が流れていて差別されていたと聞いているが、ミハエルは少なくとも人間だろう」

「いいえ、奴はノームを先祖に持ちます。そのせいか普通の人間より魔力が強い。もっともエルフを祖母に持つトリスタン様ほどではありませんが」

「なるほど、人に効く異能か。巡礼の人選を誤ったな。トリスタンが行くと言わなければ、あのメンバーにはならなかったはずだ。これから、我々が生き残るためにはどうしたらいいのだ？」

エクターの心は徐々に絶望に染まっていく。時にトリスタンに脅かされそうになりながらも、必死に手に入れようとした玉座が今でははるか彼方にあった。

なぜミレイの言いなりになったのか、今さらながらエクターは疑問に思う。とはいえ、彼の心に芽生えたナオに対する嫌悪感はいまだに消えることがない。

それはきっと目の前にいるイアーゴも一緒だろう。

「ミレイ様の指示に従うのが一番かと」

「本当にミレイに力が戻るという保証があるのか？　ミレイの力が戻らなければ終わるぞ」

イアーゴがにやりと笑う。

「ところで、エクター殿下、まだミレイ様に恋慕をいだいていますか？」

「私は……、どうしても玉座が欲しい」

エクターは静かに目を伏せた。

第十二話　奈緒と美玲

王都の復興が進んできたひと月後、奈緒はエヴァと共に王宮の南にある離宮で過ごしていた。以前いた北の離宮とは違い、部屋は広く贅沢で、大きな窓からはさんさんと降り注ぎ、ベッドもふかふかで寝心地も最高だ。

時おり、トリスタンやミハエルが訪れるが、彼らは忙しそうですぐに仕事に戻ってしまう。そして大活躍だったピーちゃんは、すっかり小鳥の姿に戻り、いまだに疲れた様子で、一日二十時間以上は寝ている。最初は心配したが、旺盛な食欲を見せ始め徐々に回復してきた。トリスタンの話によると、聖獣は半分精霊で半永久的に死ぬことはないらしい。奈緒はそれを聞いて安心した。

奈緒は毎日のようにピーちゃんに優しく語りかけ、王都の復興を祈った。

祈ったといっても奈緒のそれは大袈裟なものではなく、何かの折につけトリスタンやエヴァ、ミハエル、傷ついた人たちが早く元気になりますようにと願うだけで、大神殿に行って祈りを捧げるようにと強要されることもなかった。

奈緒自身、体調はまだ万全とは言いがたい状況でもある。

奈緒は、離宮に与えられた自室のテラスでお茶を飲む。

その横には常にエヴァが控えていた。

「エヴァってば、なんで立っているの。一緒にお茶飲もうよ」

「ここは離宮で、私はメイドです。ナオ様と一緒に座るわけにはまいりません」

「なんで？　一緒のベッドで寝て、一緒に温泉に入った仲じゃない！」

エヴァは真っ赤になる。

「そ、それは、巡礼の旅でいろいろと不測の事態が起きたのであって……変な誤解を招くような言い方はなさらないでください」

「わかった、エヴァが困るなら我慢する。はあ、本当なら今頃は海のそばの食堂に就職してこの世界の料理を覚えていたはずなのに」

「え？　ナオ様、いったい何をおっしゃっているのです？」

エヴァがびっくりしたように奈緒を見る。

「トリスタンは、この国の勉強をしたら、好きにしていいって言ってたよ」

「でも、ずっと一緒にいるって約束なさいましたよね」

エヴァが嬉しそうな表情で、奈緒のカップにお代わりの紅茶を注ぐ。

「約束したけど。トリスタンはすごく忙しそうだし。いつ領に帰るんだろう。何かお手伝いできればいいんだけど、私が動くとややこしくなるらしいんだよね」

奈緒はずっと王都に足止め状態だ。

「大丈夫ですよ、ナオ様。きっとトリスタン様がどうにかしてくださいます」

エヴァがにこにこと笑顔を浮かべて言う。

「そ、そうかな」

奈緒はなんとなく頬を染める。最近トリスタンのことを考えると妙に情緒不安定になった。

最初は綺麗な人だなと遠くに感じていたのに、今ではとても近くにいる。

それこそ、父母や美玲よりずっと身近に……。

ふいに部屋にノックの音が響いた。

奈緒はトリスタンかと思いドキリとするが、伝令だった。

渡された手紙に目を通すと、王宮にいる美玲からだ。懐かしい日本語で書かれている。

【奈緒に秘密の相談があるの。今夜会いに来てくれないかな】

いくら奈緒でも、これが何かの罠《わな》だとわかる。すぐに美玲からの手紙を破り捨てた。

「ナオ様、どうかしましたか？」

「うん、お姉ちゃんからの呼び出し」

「まあ、今さらなんでしょう？」

エヴァは怒りと不安を感じているようだ。

「大丈夫。用件は書いてなかったから、行かないよ」

奈緒の言葉に深く頷く。

「はい、その方がよろしいかと思います」

翌日も美玲からの手紙は届いた。

読まずに捨てようかとも思ったが、奈緒は内容が気になったのでひとまず手紙を開く。

【奈緒。私はお父さんとお母さんの夢を毎晩見る、心配で仕方がないの。相談があるから今夜会えないかな】

それを読んだ奈緒はピンときた。姉はきっと元の世界に帰るつもりなのだ。しかし、今夜といってももう夕暮れになる。ずいぶんと差し迫っていた。

「ナオ様、どうしました？」

王宮から来たメイドに声をかけられる。今日はエヴァがお休みでいないので、彼女は代理としてやって来たのだ。

「今から手紙を書くので、届けてほしいんです」

奈緒はさらさらと美玲に書簡をしたためる。美玲はいまだにこの国の文字が読めないようなので日本語で書くしかない。

【少しの時間ならいいよ。南の離宮に来る？】

奈緒の返信に、すぐ返事がきた。

【人目につくところは私も奈緒も立場的にまずいと思う。だから、なるべく一人で王宮の隣に

ある大神殿の裏庭に来て。南の離宮のすぐそばだし、大神殿ならトリスタン様の管轄だから奈緒も安心だよね】

いつも奈緒に対して上からの美玲にしては、珍しい気遣いだ。一口に大神殿の裏庭といっても広い。美玲は地図まで添付していた。

（本当にお父さんとお母さんの心配をしてくれているんだ。よかった。私はもう帰らないけど）

不思議なことに、奈緒が寂しさを感じることはなかった。これで美玲が元の世界に帰れば、この国での問題がある程度解決するだろう。それはきっと日浦家も同じで、そこに奈緒はいないが、あの家族が本来あるべき形に戻るだけのこと。奈緒にはそう思えた。

奈緒は悲喜こもごもの巡礼を経験して、この世界で生きていくことに決めていた。不思議なもので、今ではこの世界に妙に愛着を感じている。まるで故郷のように。

一度は色素が抜けて白くなった奈緒の髪は、銀色になったがそれ以上は濃くならず、瞳は紫がかっている。

もともと奈緒の顔立ちは家族とあまり似ておらず、彫りが深いこともあってこの世界の人とあまり変わらなくなっていた。

奈緒は、これはこれで気に入っている。

奈緒は早速メイドに大神殿に出かけると伝えた。

もちろん、ぐっすりと眠っているピーちゃんにも「ちょっと出かけてくるね」と小声で伝える。

奈緒には従者がつくことになっていたので、すぐ近くだけれど、彼と共に目的地へ向かう。

大神殿の裏庭に入ると、地図を頼りに美玲が待っているという場所の近くまで行った。

奈緒はそこで従者に声をかける。

「すみませんが、少しここで待っていてもらえますか？　すぐに戻ります」

一人でと書いてあったので、きっと従者の姿を見たら、美玲は現れないだろう。

最初は渋っていた従者だが、大神官が戻った大神殿で何かあるとは思えなかったのか、最終的には頷いてくれた。

それに奈緒は美玲と話したかった。

あまりにも身勝手な美玲の行動に文句のひとつも言いたいし、王宮の政治にまで口を出していたのは本当か確かめたいと奈緒は思った。

「私が巡礼に行っている間、茶会だの夜会だので、遊び回ったあげく聖女の力を失ったって話だし。本当のところはどうだったのか、聞きたいよ」

奈緒はぶつくさ言いながら、美玲が待つ場所に到着した。

「え？　嘘？　あんた、奈緒？　奈緒だよねえ。……どうしたの？　やだ、そんなみっともない姿になって」

茂みの陰から半笑いを浮かべた美玲が現れる。

「お姉ちゃん、なんでそんなとこに隠れてたの？　てか、いきなりみっともないとかひどくない？」

「ごめん。奈緒も苦労してるのね。十七で白髪になるなんて、かわいそう」

美玲はけらけらと笑う。

周りは綺麗な銀髪と言ってくれるが、美玲に白髪と言われ少なからず傷ついた。

「……限度を超えて神聖力を使うとこうなるらしいよ。それもこれもお姉ちゃんが祈りをさぼったせいでしょ？　何かほかに言うことはないの？　用事がないんだったら帰るね」

やっぱり来なければよかったと、奈緒は早くも後悔した。

「しーっ！　誰にも見つかりたくないんだって。それから祈りの件については、あることないこと言われているだけで、私はちゃんとやっていたわ。でも瘴気が強すぎたのよ。それを皆が私のせいにしているだけ。それで、今日、奈緒を呼んだのは、お別れを言いたかったからなの」

踵を返しかけた奈緒は、その言葉に驚いた。

「もしかして、元の世界に戻る方法が見つかったの？」

「そう、帰ることにしたの。奈緒も一緒に帰るでしょ」

当然のことのように美玲が言う。

「まさか、いらない子だって言われたのに、帰るわけがないでしょ？」

奈緒は肩をすくめる。彼女はもうこの世界に居場所を見つけたのだ。だから、元の世界に未練などない。トリスタンやミハエル、エヴァに大切な相棒であるピーちゃんと共にこの世界で生きていく覚悟はできている。

「そこまでひがむことないんじゃないの？　お母さんだって本音じゃないよ、きっと」

美玲には、奈緒の思いが理解できないようだ。

「ひがんでないよ。それにお姉ちゃんは大学休学で済んでも、私は高校を中退させられる」

「そんなことないよ。お母さん素直じゃないから、私の前では奈緒のことを褒めてるよ？　ほら、奈緒がテストで六十点取ってきたことがあったじゃない？　お母さんすごく喜んでたよ」

美玲が珍しく真面目な顔でそんなことを言う。その瞬間奈緒の中で点と点が結びつく。

（零点の答案を隠したのは私じゃない。でもお母さんは見てきたことのように言っていた。もしかしてお姉ちゃんの異能って祝福じゃなくて……）

そこまで考えて奈緒はぞくりと寒気を感じた。

（まさかね……）

「私には失敗作とか言っていたよ。お父さんは女の子でがっかりして、私が生まれた時病院にも来なかったって」

奈緒は母から聞いた事実のみを伝える。そこにはなんの感傷もない。ただ、もしも美玲の異能が奈緒の推測通りならとんでもないことだ。でもそれはあくまでも推測で、確認するすべはない。

「だから、二人とも不器用なところがあるし、お母さんは特に口が悪いから。愛情の裏返しだって」

美玲の言葉も優しそうな笑みも、薄っぺらく感じられた。

奈緒は、帰らないとはっきり断わっているのに、なぜこうも美玲はしつこく説得しようとするのだろう。奈緒は怪訝に思った。

「私は帰らない」

再度はっきりと伝えると、美玲は肩を落としてうつむいた。

「そう残念、奈緒とはここでお別れだね」

本当に残念だと思っているのだろうか。うつむいた美玲の表情は、奈緒からは見えない。

「うん、お姉ちゃんも元気で」

「ちょっと、今生の別れだっていうのに、見送りもなし？」

美玲が寂しそうに小さな笑みを浮かべる。

「見送りって？」

「これから召還の間に行く。準備は整ってる」

「今すぐ、帰るの？」

少し急で驚いた。

「あんたとはそうそう会えないから仕方ないじゃない。だからこれが最後の別れ。見送ってくれるよね？」

これで最後ならと奈緒は頷いた。それくらいの情というか、義務感のようなものは残っている。

奈緒は美玲の後について裏口から大神殿に入った。人気《ひとけ》のない廊下を通り召喚の間へと向かう。

そこで奈緒は先ほどから気になっていることを聞いた。

「ねえ、お姉ちゃんの聖女服、いつから灰色になったの？　というか、その格好で帰るつもり？」

「はあ？　奈緒は、やっぱり目が悪いのね？　なんで眼鏡かけないの？　もしかしてトリスタンのこと意識してる？」

そう言ってにやりと笑う。どうでもいいことすぎて返す言葉もないので奈緒は黙った。その瞬間、美玲の周りに黒い靄のようなものを見た気がして、奈緒は驚いて目をこする。

するともう靄は消えていた。

（気のせいだったみたい）

奈緒は少しほっとした。

「疲れてるんじゃない？　無理しないで眼鏡かけたら？　奈緒は眼鏡かけた方が利口そうに見えるよ」

奈緒はそれには取り合わず、疑問を口にする。

「お姉ちゃん、洋服持ってないの？　その格好で元の世界に戻ったら、かなり目立つよ？」

「しょうがないじゃない。私の洋服はどこかにいっちゃったんだもん。で、お父さんとお母さんに伝えたいことある？」

「ないよ」

「はあ、奈緒って薄情ね。きっと二人とも寂しがるよ」

美玲の言葉は嫌みに聞こえるが、それよりも気になることがある。やはり、美玲の姿に何か黒い靄がまとわりついているように見えるのだ。

それに先ほどから獣臭のようなものが漂ってくる。

「それはない。それより、お姉ちゃん、何か香水つけてる？」

美玲は自慢げに微笑む。

「よくわかったね。いい匂いでしょう。エクターにもらったの。あっちの世界で言うムスクの香りだよ」

だから獣のようなにおいがするのかと奈緒は思った。

「へえ……」

美玲は奈緒の薄い反応が不満のようで、眉根を寄せる。

「あんた目だけじゃなくて、鼻も悪いの？　きっと疲れているんだね。私が帰ったら、ゆっくり休んだ方がいいよ」

そんな会話を交わす間に、召喚の間に着いた。

ここには嫌な思い出しかないなと奈緒は思う。

両開きの扉がゆっくりと開く。薄暗い部屋には蝋燭が灯され、魔法陣が描かれていた。

そして、魔法陣の向こうにはイアーゴがいる。

奈緒は嫌悪感を持ってイアーゴの顔を見た。もう二度と見たくない顔だ。

「奈緒、儀式の時は部屋の扉を閉じなければダメだから入ってきて」

「やめとく。さよなら、お姉ちゃん！」

奈緒は手を振り、間髪入れずに断った。

「誰かに見つかったら、私は拘束される。そうしたら、帰れなくなっちゃう」

美玲が突然焦ったような声で言い、奈緒の腕を強引に引っ張り召喚の間に連れ込む。

奈緒が召喚の間に足を踏み入れると、バタンと大きな扉が閉ざされた。

薄闇の中で蝋燭に照らされて美玲の顔とイアーゴの顔が浮かんでいる。

「ちょっと、なんで強引なことするの？」

奈緒はびっくりして即座に抗議した。それに対して、美玲はにやりと笑う。

「で、奈緒。ここからが本題なんだけど。聖女の力を返して」

「え？」

「あんた、なんらかの方法を使って私から聖女の力を奪ったんでしょ？」

奈緒は美玲の言うことが信じられなくて、聞き間違いかと思った。

それが一瞬の隙を生み、奈緒は美玲に両腕をつかまれる。

「やめてよ！」

奈緒は慌てて手を振り払い逃げようとしたが、後ろから羽交い絞めにされた。

部屋にはイアーゴと美玲がいて、二人は奈緒を見てにやにやと笑っている。

ということは召喚の間にはもう一人。恐る恐る後ろを振り返ると奈緒の体の自由を奪っているのはエクターだった。

それを確認した瞬間、奈緒の心にふつふつと怒りが湧いてくる。

「また、私を騙したのね！」

「人聞きの悪いこと言わないで、私に力を譲渡すれば、この魔法陣に放り込むようなことはしない。ただし、譲渡を拒否するなら強制送還する」

魔法陣が力を持ち、ふわりと光り始める。

「嘘つき、どっちにしろ、その魔法陣に私を突っ込むつもりでしょ？」

「ひどい。嘘つきだなんて奈緒だって嘘つくでしょ？」

確かに嘘をつかない人間はいないのかもしれない。奈緒は一瞬言葉に詰まるも言い返す。

「でも私はこんな騙し討ちのような真似はしないよ。お姉ちゃんとは違う！」

「騙したのはそっちでしょ？　この偽聖女！　私の力を返しなさい！」

美玲が強引に奈緒の手をつかむ。

力を吸い取られるような不快感があったがそれは束の間で、バチッと姉妹の間にスパークが走り、美玲は吹き飛ばされた。

「ひどいよ、奈緒！　あんた魔法も使えるの？　私のこと吹き飛ばすなんて、あんまりだよ」

奈緒は何もしてない。奈緒の中にある何かが美玲を激しく拒絶したのだ。

しかし、そんなことは奈緒の知ったことではない。

「ちょっといい加減に放してくれない、くそ王子！　あんたに触られるの、キモイんだけど！」

奈緒は怒りの沸点を超え、とうとうエクターに向かって悪態をついた。

「貴様！　この場で切り捨ててやろうか！」

しかし、奈緒の前に美玲が出る。

「やめてエクター、それじゃ面白くない。今から、奈緒を強制送還するから」

「甘いぞ、ミレイ！」

エクターが怒りをあらわにする。

「大丈夫。お母さん、この子のこと大嫌いだから、始末してくれるって、それにこんな身なりじゃあ、あっちの世界ではろくな目にあわないよ」

奈緒はエクターと美玲につかまれ、魔方陣の前まで引きずられる。そして、イアーゴの低く不気味な呪文詠唱が始まり、ぶうーんと魔法陣が唸《うな》りをあげる。奈緒は自分が魔法陣の方向に引きずり込まれていくのを感じた。

「放してよ！　トリスタン！　ピーちゃん！　助けて！」

奈緒が叫んだ瞬間、召喚の間の扉がけたたましい音を立てて開いた。

「ナオ！」

トリスタンはエクターに容赦なく蹴りを入れ、奈緒を美玲から引き離す。

「トリスタン！　怖かったよ！」

「ナオ！　ミレイについていっちゃダメだと言ったろ！」

まるで子供を叱る親のようなことを言う。

「ごめんなさい！」

奈緒はしっかりとトリスタンに抱きついた。

「トリスタン、貴様、この国の第一王子である私に向かって何をする！」

「ふざけるな！　この国の聖女に無体を働いた者は、たとえ王族であっても極刑だ」

「勘違いするなよ、トリスタン。それはお前の早合点だ」

「いい加減にしろ！　くだらない茶番はたくさんだ。ナオに指一本でも触れたら切り捨てる」

一瞬、トリスタンとエクターの視線が激しく衝突する。先に視線をそらしたのはエクターだ。

彼はうつむいて、にやりと不気味な笑みを浮かべると、美玲に近づいた。

「ミレイ、お前は自分の異能が何か知っているか？」

「祝福よ」

「この状況でもそれを言うのか？」

美玲はエクターの言葉に一瞬不快な表情を浮かべるが、すぐに微笑んだ。

「そうね……たぶん、支配だと思う。カリスマ性とか」

「ハズレだ！」

そう叫んだ途端、エクターが美玲をどんと突き飛ばし、魔法陣に放り込んだ。

美玲が魔法陣に吸い込まれていく。驚きに目を見開く美玲だが、すぐに憤怒の形相に変わる。

「ふざけんな。ちくしょう裏切ったな！　くそ王子！」

汚い言葉を吐き散らし、美玲は魔法陣からはい出そうとしている。

「奈緒！　助けなさいよ！」

美玲が鬼気迫る表情で奈緒に、命令する。

「やだ！　絶対無理！」

奈緒は恐怖と怒りがない交ぜになり叫んでいた。

すると今度は矛先がイアーゴに向く。

「イアーゴ、あんたまで私を裏切って！　今すぐ呪文の詠唱をやめなさい！」

美玲がイアーゴのローブの裾に手をかけたが、彼はそれを蹴り飛ばし、呪文詠唱に集中する。

奈緒が震えると、トリスタンが奈緒の体をぎゅっと抱きしめてくれる。それだけでも彼の体温が伝わってきて安心できた。

トリスタンの肩越しに召還の間の外を覗くと、騎士団が剣や槍を携えて立っている。

「お姉ちゃんに見送ってくれって、言われて……。ごめん、軽はずみなことして。大騒ぎになっちゃったね。きちんと誰かに伝えればよかった」

「ナオが情に訴えられると弱いことをわかっていて、やったんだ。まったく、どこまでも汚い真似をする」

トリスタンが吐き捨てるように言う。

その瞬間、奈緒は強い怨嗟《えんさ》の視線を感じ振り向いた。

「ずるいよ、奈緒。あんただけ幸せになるなんて、絶対に許せない――」

そう叫びながら、美玲は渦に引きずり込まれるように姿を消した。

後には光を失った魔法陣と黒い靄が残る。

「トリスタン、見たろ？　召還された聖女は、異世界とこの世界を魔法陣により行き来できる。だから、聖女を呼び出したことに罪があるのならば、こうして元の世界に戻してやればいい。私はそれを証明したのだ」

ぎらついた目でエクターがトリスタンに迫ってきた。トリスタンは奈緒を背にかばうと、前に出て、剣の柄に手をかける。エクターはトリスタンの動作にひるみ後ずさりする。

そこへイアーゴが割って入った。

「この術式は、私、イアーゴが見つけたものです。私にしか執り行えません！　トリスタン殿下におきましては、このイアーゴが不世出の召喚士だということをお忘れなきように」

そう言ってイアーゴはトリスタンの前にひざまずいた。

「ええい！　指示を出したのは私だ！　だから、すべて私の手柄だ。だいたいお前が間違えて、ミレイを先に呼び出すからこのようなことになったのだ」

「恐れながら、エクター殿下。私は殿下のご指示に従ったまで」

エクターとイアーゴがお互いの功績を競い、責任の擦《なす》りつけ合いを始めた。

奈緒は目の前で繰り広げられている争いに呆然となる。

巡礼の旅で心ない扱いを受け、傷ついたこともあった。それでも、血を分けたたった一人の姉の行いの方がずっとあさましい。

そしてこの薄汚い王太子と召喚士はなんなのだろう。そのうちエクターとイアーゴの周りに徐々に黒い靄が現れ始める。

（なんてこと、瘴気は……人の醜い心からも生まれるのね。そしてお姉ちゃんも、その瘴気を生み出していた……）

あまりのショックに、奈緒はふっと気を失った。

その後、奈緒は一週間ほど、高熱でうなされた。

美玲が魔法陣からはい出してくる夢を何度も見る。美玲の恨みがましい目が忘れられない。

《ナオ、われじゃ！　これ、目を覚ますのじゃ！》

奈緒がうなされていると、ピーちゃんの声が響いてきた。ぱちりと目を覚ませば、白い空間の中で、シマエナガのようなシルエットの小鳥が淡い光を放っている。

「ピーちゃん！　会いたかったよ！　無理させちゃってごめんね！」

奈緒が小さなピーちゃんを両手で救い上げて頬ずりすると、なんとも言えない安心感で満たされた。

《心配しすぎじゃ！　われは聖獣ぞ。よって死ぬことはない。それにしてもナオは、おかしなものに憑《つ》かれておるなあ》

ピーちゃんがのんびりとした口調で、あきれたように言う。

「おかしなもの？」

《妄執という名の瘴気じゃ。このままだと魔物化してナオの中に棲みついてしまう》

「ひーっ！　妄執って何？　私、何かに執念燃やしてたっけ？　それとも生き霊みたいなもの？」

奈緒の頭はしばしば混乱した。ピーちゃんは今まですべてを言い当ててきた。奈緒の身に何か悪いことが起きていることは確かだ。

それに体の中に魔物を飼うなんて絶対にお断りである。

《うむ。ミレイの妄執がお前の中に巣食っておる。本当にたちの悪いものじゃや》

「こわっ！　なんでそんなにお姉ちゃんに恨まれてんの？」

奈緒は肩を抱いて震えた。

《嫉妬じゃ。あの者は魂ごと穢れてしもうた。聖女だからといって性格がよいわけではない。能力と性格は別じゃからな。じゃが、あまり穢れておると精霊が離れ、聖女の力を失ってしまう。誰だって穢れた者には近づきたくないじゃろ》

「ピーちゃん、お姉ちゃんのこと嫌いだったの？」

《ばっちいものは嫌じゃ！　あんなくさいものは嫌いじゃ！　ではナオ、今からわれが祓ってしんぜよう》

「え？　ピーちゃんそんなこともできるの？　でもピーちゃん今力を使ったら、また消耗しちゃうよ」

心配する奈緒を見て、ピーちゃんがかわいい尻尾《しっぽ》をぷりぷりと振る。

《われをそこら辺の小動物と一緒にするでない！　これしきのことなんでもないわ！　呪いよ、

返れ！》

——ピーちゃんが淡い光を放つ、温かで心地よい中で奈緒は目覚めた。

むっくりと布団に起き上がると離宮で奈緒にあてがわれた部屋のベッドの上にいた。本当に夢から覚めたようだ。

奈緒はピーちゃんを捜す。

「ピーちゃん、どこ？」

「ピーッ！」

元気よくさえずり、奈緒の周りをぱたぱたと飛ぶ。愛らしいピーちゃんの復活だ。

「よかった。ピーちゃん、元気になったんだね」

《ナオは力を使いすぎて、異世界のメッキが剥がれたようじゃな》

「ピーちゃん、またしゃべれるようになったんだね！」

ピーちゃんが偉そうに胸を張る。

《ナオが覚醒したから、われもパワーアップしたのじゃ。数分じゃが、ナオが目覚めている時も話せるぞ》

先ほどからピーちゃんが耳慣れない単語を口にしている。

「覚醒って何？　メッキってどういうこと？」

《久しいのう、エレーヌの魂よ。お前は今世で再び魔法騎士の魂と巡り会った。今世はトリス

タンを救えてよかったな。いくら最愛の者を失って悲しくとも、もう異世界などに転生するではないぞ》

「はい？」

ピーちゃんはまるで奈緒を透かした先にいる人物に問いかけているようだ。

《おかえり、エレーヌ。いや、今世はナオじゃな》

「ただいま……って魔法騎士って？　エレーヌって誰？」

ついノリでただいまと言ってしまったが、奈緒の中では情報が処理しきれていない――。

「ピーッ！」

再び一声鳴くと、ピーちゃんはいつも通りの見た目、ただのかわいい小鳥に戻った。

ほどなくして部屋にノックの音が響く。

奈緒が大きな声で返事をすれば、ドアがばたりと開かれた。

そこにはトリスタンがいて、真剣な面持ちで奈緒の元にやって来る。

「よかった！　ナオ！」

ぎゅっとトリスタンに抱きしめられて奈緒はアワアワした。

「ど、どうしたの？　トリスタン」

トリスタンは奈緒の華奢な体を抱きしめたまま、ほっと息をつく。

「あのままナオが目覚めないのではないかと思い、心配だった」

奈緒の顔はトリスタンに抱きすくめられたまま、どんどん赤くなる。

胸の鼓動は早鐘をうっている。

「だ、大丈夫だよ、トリスタン。ピーちゃんが助けてくれたから」

ふっとトリスタンの腕が緩む。

「やっぱり、ピーちゃんにはかなわないか」

「ピーちゃんは、聖獣だからね」

奈緒は恥ずかしくてトリスタンの腕から抜け出そうとするが、またぎゅっと抱きしめられてしまう。

「ト、トリスタン？　どうしちゃったの？」

「ナオは、手を離すとすぐにどこかに行ってしまうから」

「やだなあ。どこにも行かないよ」

奈緒が答えると、やっとトリスタンが奈緒を解放してくれたが、彼はちゃっかり、奈緒が座り込んでいるベッドに腰かける。

おかげで奈緒の心臓はまだバクバクしている。

（え？　トリスタン、急に距離感おかしくない？）

「では、なんでミレイについていったんだ？」

今まで優しかったのに、いきなり厳しく問い質され、奈緒は思わず目をそらした。

「お姉ちゃんが、お父さんとお母さんに会いたいから、元の世界に帰るって言われて……」

奈緒は事の顚末《てんまつ》をトリスタンに語る。

そして、トリスタンから「人がよすぎる」だの「すぐ騙される」だのお説教されてしまった。

「ごめんて、反省しているよ、トリスタン。それに今回も助けてくれてありがとう」

奈緒はしょんぼりとして縮こまる。

「まあ、今回はこちらの警備にも穴があったからね。本当はミレイから、ナオに連絡できないように策を講じていたんだ。それなのに、何人かエクターの回し者がまぎれていて、エヴァの休みの隙をついてやられた」

そう言いながらも、トリスタンはすぐ隣で、奈緒の頭を撫でる。

「あのさ、トリスタン。さっきから距離感おかしくない？」

あまりに近づかれると、奈緒の心臓がもたない。奈緒を覗き込むトリスタンのアレキサンドライトの瞳は、光の加減で美しく色を変え、まるで魔法のように彼女の瞳と心をとらえて離さない。

「なんで？　ナオだって散々僕に抱きついてきたじゃないか。普通だよ」

奈緒は自分が何度もトリスタンに抱きついたことを思い出し真っ赤になる。

「うわあぁ。だってあれは緊急事態だったから」

するとトリスタンが再び奈緒を抱きしめる。

「ナオに触れるのに理由がいる？」

奈緒はトリスタンのそんな甘い囁きに思考停止した。

「いらない。いるわけない」

トリスタンが奈緒の返事を聞いてくっくっくと笑って体を離す。

「ひどい！　からっかったの？」

「違うよ。ナオ、君が大好きだ。もう絶対に離さない」

トリスタンの告白に奈緒は気絶しそうになる。

（トリスタンが、そばにいるとどきどきが止まらない。私はこの人が好きなんだ）

「私も、トリスタンが大好きだよ」

奈緒はなけなしの勇気を振り絞って答えた。

その後、嬉しすぎて気絶しそうになった奈緒は、トリスタンに本気で心配されてしまった。


――十日後、王太子エクターは廃嫡され、王妃と共に罪人となり、遠く離れた辺境の地に幽閉された。召喚士イアーゴは魔法を遮断する特殊な牢屋に投獄され、余生を送ることとなる。

エピローグ

――王都、南の離宮。

朝の日の差す部屋で、奈緒は鏡台の前に座り、鏡の中の自分を見てため息をついた。

「はあ、髪の色、戻らないなあ」

「ナオ様、綺麗ですよ」

エヴァが慰めてくれる。

「ありがと、白髪みたいだよね」

美玲に言われた一言がまだこたえていた。

「とんでもない！　美しい銀髪です！　それに瞳の色も綺麗です。もちろん、以前の色も素敵でしたけれど、今の方がナオ様らしくしっくりきます」

「そ、そうかな……」

顔かたちは奈緒なのだが、銀髪と赤みを帯びた薄い琥珀色の瞳が戻らない。

「それより、ナオ様、トリスタン様と今日はおでかけなさるのですよね。おしゃれしましょう」

奈緒はこの国の聖女であるが、別に大神殿に祈りに来いとも言われないし、聖女服を着るようにとも強制されていない。

そもそも聖女服なる物は美玲が作ったという。

だから、今日の奈緒は水色のデイドレスをまとっている。今はエヴァが奈緒の髪をハーフアップに結い、髪飾りをつけてくれていた。

「そういえば、エヴァはいつから、トリスタンが王子様だって知ってたの?」

「直接お会いしたことはないのですが、トリスタン様の瞳は王族にしか出ない珍しい色だと王宮で聞いていたので。だから、もしかしたらと思っていたのですが……、確信が持てずに、ずるずるとトリスタン様とお呼びしていました。もともとご本人も『殿下』と呼ばれるのがお好きではないとのことですし」

エヴァは悩ましげな表情をした。

「そのせいでややこしいことになったけど……」

奈緒の言葉にエヴァは優しい笑みを見せる。

「市井でお育ちですから。トリスタン様もミハエル様もとても気さくな方で、巡礼の旅は楽しかったですね。ふふふ、お二人ともとっても偉い方なんですよね」

「そうだね」

巡礼から戻っていろいろとありすぎて、奈緒にはあの旅が遠い昔のことのように思える。

「また一緒に皆で旅がしたいな」

エヴァは奈緒の言葉に嬉しそうに頷いた。

「ナオ様は初めてお会いした時とちっとも変わりませんね。さあ、準備ができましたよ」

「ありがとう、エヴァ！　いってきます」

「いってらっしゃいませ、ナオ様」


奈緒はトリスタンに連れられて、久しぶりに離宮から出て王宮へと向かう。

「王宮にはけっこう面白い場所があるんだ」

なんだか、今日のトリスタンはとても嬉しそうだ。だが、奈緒にはあまり王宮に対していい印象はない。

「そうなんだ」

「今日は地下に行くよ」

「地下があるの？　もしかして牢獄とか？」

怯える奈緒を見て、トリスタンが苦笑する。

「もちろん、牢獄もあるし、その他もろもろ、でも今日行くところは違うよ。王家の宝物庫だからね。怖いことなんて何もないよ」

宝物庫と聞いて奈緒はがぜん興味が湧いてきた。

「へえ、面白そう。宝箱とかあるのかな？」

「うーん、それは、どうだろう？　たいていのものは展示されているし。まあ探せばあるかもしれないね。なにせ広いからね」

「一般公開されてるんだ」

「え？　そんな物騒なことするわけないだろう。警備だって大変だし。今日は父から、宝物庫への入室許可をもらったんだ」

トリスタンが楽しそうに笑う。

奈緒の頭に、トリスタンの父イコール国王の図が浮かぶ。

王宮の警備は厳しいので、あれこれ調べられるのかなと奈緒は思ったが、顔パスで通れた。そのうえ、最敬礼までされて奈緒は驚いた。

「どうなってるの？」

長い王宮の回廊を歩きながら、奈緒がトリスタンに問う。

「そりゃあ、ナオは聖女様だからね」

「トリスタンも王子様じゃない」

「それを思い出させないでくれ」

トリスタンが美しい顔にふっと憂鬱そうな表情を浮かべる。

「どうかしたの？」

「王太子の席が空いていてね。なかなか面倒なことになっている」

「もしかして、トリスタン。王太子になっちゃうの？　そうしたら、私たち離れ離れになるのかな」

奈緒はきゅっと胸が締めつけられた。

「そんなわけない。ナオとはずっと一緒だよ」

「よくよく考えると、トリスタンと私って身分違いだよね」

トリスタンが大きなため息をつく。

「ナオ、なんでミレイがあれほど威張っていたのか、いまだにわからないの？」

「え？　それは周りの人の記憶を改ざんしていたからでしょ」

美玲の異能である記憶の改ざんについては、エクターとイアーゴが陳述していた。奈緒も、それを聞いて腑《ふ》に落ちた。子供の頃から、皆が美玲のつく嘘を簡単に信用するのか不思議だったからだ。

「それはそうだけど、聖女の地位は王族となんら変わりはないんだ」

「……」

奈緒は黙り込む。納得がいかなかった。最初は散々な扱いを受けた気がする。

「だから、エクターと王妃は罰せられたんだ」

「その、トリスタン。王妃って」

「僕の実母ではないよ。僕の母はとうに亡くなっている」

「……そうだったんだ」

処罰されたのがトリスタンの母親でなかったことにほっとすると同時に、彼の実母が亡くなっている事実を残念に思う。

「それより、ナオ。ここから階段だから気をつけて」

そう言って、奈緒の手を取りゆっくりと階段を下る。

王族と王宮警備隊以外は立ち入り禁止の区域だ。

地下に続く魔法灯に導かれるように、奥へと進んでいく。

「僕はね。初めてナオを見た時、どこかで会った気がしたんだ。それで歴代聖女の姿絵が宝物庫にあることを思い出してね。子供の頃、よく探検に来たな」

トリスタンは懐かしそうに目を細め、辺りを見回す。

「トリスタンは市井で育ったんじゃないの？」

「そうだけど、九歳まで王宮で教育を受けていたよ」

まだトリスタンについては知らないことの方が多いと奈緒は思う。

「着いたよ」

トリスタンが大きな両開きの扉の前に立つと、胸のポケットから鍵を取り出した。

ガチャリと鍵の開く重々しい音が廊下に響く。

ギギと扉を開いた先には、広い通路が伸びていて、その両側に女性の姿絵がずらりと飾られていた。

しかし、手前の一か所だけ、不自然に空いている場所がある。

「あの場所にも聖女の絵があったの？」

「あそこにはミレイの絵が飾られていたけど、撤去されたんだ」

「ええ！　そうだったの？　いろいろあったけどお姉ちゃんって、聖女ではあったんじゃない？」

奈緒はさすがにびっくりした。

「ここに飾られるのは本来巡礼を終えた聖女の姿絵なんだ。いきなり異世界から来て、自分の姿絵を飾らせたのは彼女が初めてだよ。結局、精霊に嫌われて神聖力を失ったけどね」

美玲は相当心臓が強いと思う。

（お姉ちゃん、幸せに暮らしているといいけど。この世界にずいぶん未練があったみたいだったから）

奈緒はぞくりとした。もしあの時魔法陣に放り込まれていたのが、自分だったらと思うと恐ろしい。

父母は奈緒が戻っても、なぜ美玲ではないのかと、怒りだすだけだ。

彼らが言うには高校生の奈緒は「金食い虫」だそうだから。それに奈緒は、美玲の記憶改ざん能力で両親に疎まれていたとは思わない。

この世界に来て、巡礼の仲間に大切にされて初めてわかった。両親はもともと見たい物しか見なかったし、奈緒に愛情をいだいていなかったのだ。

いくら家事を手伝っても、奈緒は何もしない怠け者と言われていたし、美玲がいなくなったからといって奈緒が愛されることもなかった。

(今思うと、お姉ちゃんってすっごい嘘つきで、いつもお母さんやお父さんに嘘の告げ口ばかりされて、ずいぶんいじめられたからなあ)

もうあの世界には、縁もゆかりもなくなってすっきりしている。

「ナオ、もしかして同じような絵ばかり並んでいて飽きちゃった?」

トリスタンの優しい眼差しが向けられる。

「そんなことないよ」

つい、物思いにふけってしまった奈緒は慌ててかぶりを振る。せっかくトリスタンと二人でいるのだ。奈緒は不愉快な思い出をさらりと水に流した。

「もうすぐ、ナオに見せたい絵の前に着くから」

ほどなくしてトリスタンがある絵の前でぴたりと止まる。

奈緒はその絵を見て、目を見開いた。

「あれ? なんだか……見たことあるような」

描かれている聖女は、まるで鏡を見ているように奈緒にそっくりだ。

「ナオに似てるだろ。というかナオの二、三年後くらいの姿かな」

「ええ！」

おかえり、エレーヌ――奈緒はピーちゃんの言葉を思い出していた。そして姿絵の下に記された名前を見るが、空欄になっている。

「名前がない」

「史実によると聖女本人が自分の名を記すのを拒否したらしい。巡礼を無事に終えて、王国に平和が訪れたのに唯一結婚しなかった聖女だからね」

奈緒は動悸《どうき》がした。

（もしかして、最愛の人を失った聖女……）

「本当は彼女の名前はわかっているんだが、彼女の意思を尊重してここには記されていないんだ」

「もしかして、この人の名前、エレーヌだったりする？」

奈緒がトリスタンを見上げると、彼の顔には戸惑いと驚きの表情が浮かんでいた。

「アタリ……、だけどなんで知っているんだ」

「あのね、エレーヌの魂が異世界に転生したのが私なんだって。なんでも最愛の魔法騎士が死んでしまったショックで、そうなったって、ピーちゃんが教えてくれたの」

奈緒はピーちゃんから聞いたことをトリスタンに話した。

「不思議だね。ナオはその前世を覚えているの？」

「全く覚えてないよ。ピーちゃんから聞いた時もちっともピンとこなかった」

奈緒の反応の薄さにトリスタンが唸る。

「そうなると、ナオが最初からこの国の文字を読み書きできたことに説明がつく。前世の記憶なのだろう。きっとナオの本当の居場所は、この世界なんだ。おかえり、ナオ」

「うん、ただいま。トリスタン」

『おかえり』という言葉がこれほど温かく聞こえたことはない。やっと奈緒は自分の居場所を見つけたのだ。

「その魔法騎士が僕だといいけど」

トリスタンが切なそうな笑みを浮かべるので、奈緒はドキリとする。

「トリスタンだって、ピーちゃんが言ってた。今世は救えてよかったなって……」

二人は顔を見合わせて、同時に頬を染めた。それからトリスタンは奈緒の手をそっと取ると言った。

「わかった。じゃあ、ナオは王太子妃と領主の妻、どっちがいい?」

「ええ！　どうしてそんな話になるの？　まさか、それって結婚しようって言ってる?」

奈緒は慌てだした。鼓動が激しく、どきどきが止まらない。

「ナオの世界では違うかもしれないけど。ずっと一緒にいようっていう約束はこの世界では結婚の約束なんだ。だから、どっちがいいか選んで」

「何それ！　とっても嬉しいけど、王宮はもう嫌！」

トリスタンが面白そうに声をあげて笑う。

「じゃあ、領に帰ろうか」

「うん、あれ？　でも私もトリスタンと一緒にいたいって言ったけど、結局どっちからプロポーズしたの？」

「僕からだよ」

「そうだっけ？」

「巡礼の旅が終わったら、僕の住む領においでって言ったら、ナオは喜んでたよ」

あの時はとても嬉しかった。

「そ、それってプロポーズなんだ……」

「あれ？　ナオの住んでいた世界では違うの？」

言われてみれば、たいして違わない気がする。つまり翻訳すると『僕の実家へおいでよ』ということだったのだろう。なにせトリスタンは領主なのだから。

奈緒は真っ赤になって、もう一言もしゃべれなかった。

トリスタンが優しく奈緒を抱きしめ、額にキスを落とす。

「結婚しよう」

ひと月後、奈緒とトリスタンは手を取り合って、仲睦まじくトリスタンの治める領地へと帰っていった。

巡礼の仲間であったエヴァとミハエルと共に。

――ただいま、私の故郷。

おかえり――。

そう精霊たちが囁く声が聞こえた気がした。

FIN

あとがき

こんにちは。別所燈と申します。

このたびは『都合のいい妹は今日で終わりにします　おまけの私が真の聖女です。姉に丸投げされた巡礼の旅は楽しいスローライフの始まりでした』をお手に取ってくださりありがとうございます。

本作は書き下ろし作品になります。

今まで異世界ものを書いてきましたが、『異世界転移もの』は初めて書きました。全然違うと感じるほど難しかったです。

本作を通して、あらためて異世界ものに対する知識が深まった気がします。

ストーリーはすぐに決まったのですが、ヒロインの性格に問題発生！

担当のT様と編集協力のS様のご尽力のおかげで『奈緒』というキャラが生まれました！　感謝申し上げます。

今回の素晴らしいイラストは桑島黎音《くわしまれいん》先生です。

カバーがとにかくきらきらで美麗です。

奈緒がとってもかわいくて感激しました。

ラフをいただいたときに「かわいく描いてもらってよかったね、奈緒」と語りかけていました。

トリスタンも格好良くて好きです！

美玲も性格が出ていていいです。

イラストレーター様の力は偉大です。

そして本作の刊行に携わり、ご尽力くださったすべての方々に心からお礼申し上げます。

皆様のお力添えがあってこそです。

最後にお手に取ってくださった読者様に最大の感謝を捧げます！

どこかで、また出会えることを願って。

別所《べっしょ》 燈《あかり》

都合のいい妹は今日で終わりにします

おまけの私が真の聖女です。姉に丸投げされた巡礼の旅は楽しいスローライフの始まりでした

2024年10月5日　初版第1刷発行

著　者　別所 燈

発行人　菊地修一

発行所　スターツ出版株式会社

〒104-0031　東京都中央区京橋1-3-1　八重洲口大栄ビル7F
TEL　03-6202-0386　(出版マーケティンググループ)
TEL　050-5538-5679（書店様向けご注文専用ダイヤル）
URL　https://starts-pub.jp/

印刷所　大日本印刷株式会社

ISBN　978-4-8137-9369-4　C0093　Printed in Japan

[別所 燈先生へのファンレター宛先]
〒104-0031　東京都中央区京橋1-3-1　八重洲口大栄ビル7F
スターツ出版(株)　書籍編集部気付　別所 燈先生

BF ベリーズファンタジー
大人気シリーズ好評発売中！

追放されたハズレ聖女はチートな魔導具職人でした

1〜2巻

白沢戌亥・著　みつなり都・イラスト

前世でものづくり好きOLだった記憶を持つルメール村のココ。周囲に平穏と幸福をもたらすココは「加護持ちの聖女候補生」として異例の幼さで神学校に入学する。しかし聖女の宣託のとき、告げられたのは無価値な〝石の聖女〟。役立たずとして辺境に追放されてしまう。のんびり魔導具を作って生計を立てることにしたココだったが、彼女が作る魔法アイテムには不思議な効果が！　画期的なアイテムを無自覚に次々生み出すココを、王都の人々が放っておくはずもなく…⁉

BF
毎月5日発売
Twitter
@berrysfantasy